정조 치세어록

정조 치세어록

안대회 글

푸른메

차례

3장 임금의 길

4장 인재에 대하여

5장 나라를 다스리는 법

6장 신하에게 이르는 말

위대한 통치자이자 사상가였던 정조

1

『정조 치세어록』은 정조(正祖, 1752~1800, 재위 1776~1800) 대왕의 어록을 뽑아 번역하고 해설한 책이다. 정조는 조선의 제22대 국왕으로 이름은 이산李祠이다. 1796년 『규장전운奎章全韻』을 반포하며 이름 의 발음을 이성으로 바꿨다. 영조의 둘째 아들 장헌세자(莊獻世子, 일명 사도세자)와 혜경궁 홍씨 사이에서 태어나 영조와 함께 조선의 부흥시대를 열었다. 정조가 돌아간 이후 사람들은 그가 통치한 시대를 건릉성제(健陵盛際, 건릉은 정조의 왕릉 이름이고 성제는 융성한 시대라는 뜻)로 불러 조선 후기의 태평성대로 추억하였다.

　왕조가 사라진 지금까지도 호감을 갖고 있는 대표적인 국왕이 바로 정조대왕이다. 그와 대결할 만한 국왕으로는 오직 세종이 있어 전기의 세종, 후기의 정조는 서로 짝을 이뤄 성군聖君으로 추앙을 받고 있다. 이같은 이미지는 경제와 국방, 민생과 문화 등 여러 분야에서 이뤄낸 성과 같은 구체적 실적이 뒷받침된 바탕 위에 세워졌다. 굳이 하나하나 자세히 설명할 필요를 느끼지 않을 만큼 이미 널리 알려진 역사이다.

정조가 통치한 시대는 조선시대 역사상 최고 수준의 역량을 보인 시대이다. 그 이후 조선이 지속적으로 내리막길을 걸은 것과 비교할 때 상대적으로 우뚝 도드라져 보인다. 어떤 분야 어떤 주제를 놓고 말해도 가장 수준이 높은 단계는 대체로 이른바 건륭성제로 돌아간다. 나만의 편견인지는 몰라도 그렇지 않은 분야가 그리 많지 않을 것이다. 그 융성한 시대를 정조가 만들어 놓았다고 한다면 그것은 틀림없는 과장이다. 그러나 정조가 그런 시대를 주도적으로 이끌어 갔다고 말할 수는 있다. 왜냐하면 정조는 그 시대의 추이를 조용히 지켜본 제왕이 아니라 몸과 마음을 다해 이끌어간 제왕이기 때문이다. 그 융성한 시대가 영조시대 이후 아주 자연스럽게 만들어진 것은 결코 아니라는 말이다.

2

건륭성제를 이끈 통치자의 덕목은 한두 가지가 아닐 것이다. 그 덕목 가운데 꼭 집어야 할 남다른 점으로 나는 정조의 글쓰기를 들고 싶다. 정조는 수많은 글을 썼고 그것을 후세에 남겼다.

한국의 역대 통치자 가운데 글을 가장 많이 쓴 사람이 바로 정조다. 청나라에도 건륭제라는 글을 많이 쓴 황제가 있기는 하지만 정조처럼 글을 많이 쓴 통치자는 세계적으로도 그리 많지 않다. 어릴 때부터 날마다 일기를 써서 훗날 국가의 편년체 사서史書인 『일성록日省錄』의 모태가 되게 하였다. 근자에 큰 주목을 끈 어찰御札도 숱하게 남겼다. 글쓰기를 좋아한 그의 버릇은 유별나다.

게다가 정조는 중요한 글의 대부분을 자신이 직접 썼다. 예나 지금이나 통치자는 글을 많이 쓰지도 않고 설령 쓴다 해도 글을 담당한 문사가 대필하는 것이 통상적인 관례다. 구한말 국왕인 고종의 방대한 문집이나 현대 대통령의 호화스런 문집에는 그럴 듯한 글이 많이 실려 있는데 그 가운데 본인이 직접 쓴 글이 과연 얼마나 될까? 거의 대필한 글임은 묻지 않아도 알 수 있다.

하지만 정조는 직접 글을 짓고 직접 썼다. 그 점은 정말 특별하다. 한 술 더 떠 말도 많이 했다. 정조는 과묵한 군주가 아니었다. 말과 글이라는 의사소통의 도구를 적극적으로 활용하여 자신의 통치이념과 마음을 분명하게 백성들과 신하들에게 밝혔다. 정조가 통치한 시대는 겉으로는 평화로워 보이나 실제로는 온갖 신분과 당파, 지역과 종교 갈등의 문제가 폭발 직전인 사회였다. 정조는 그 숱한 갈등을 글과 말로 조정하고 다독였다. 그리고 그의 글과 말이 백성들과 신하들에게 먹혀들었다. 정조가 통치하는 동안 숱한 갈등은 수면 아래로 잠복해 있었다.

그런 점에서 정조는 글과 말을 적극적으로 통치의 수단으로 활용한 말의 정치가였다. 신하들과 자주 대화의 자리를 갖고 다양한 주제로 논쟁을 했다. 그는 수동적으로 신하들의 건의를 받아들이는 타입이 아니라 자신의 의견을 신하에게 강요하기도 하고, 자기 뜻대로 되지 않으면 불같이 화내고 자기 의사를 남에게 강요하기도 했다. 그는 어느 국왕보다도 자주 대궐 밖으로 나가 시민들을 불러모아 그들의 의견을 청취하고 자기의 의도를 밝혔다. 심지어는 굶주린 지방의 백성들이 서울에 떼를 지어 몰려오자 정조는 직접 그들을 만나 사연을 듣고 위로하였다. 지방을 자주 순행하며 백성들로 하여금 일부러 자신의 모습을 보게 하기도 하였다. 요컨대 정조는 백성들과 신하들을 직접 대면하여 의사를 소통하는 것에 큰 비중을 두었고, 글을 통해 자기 생각을 적극적으로 밝힘으로써 나라를 이끌고자 애썼다.

3

18세기의 매체발달 수준에서 국왕이 국민이나 신하와 의사를 소통하는 방법은 몹시 제한적이었다. 정조는 그 한계를 극복하기 위해 다양한 방법을 강구했다. 글을 써서 반포하고, 사람을 직접 불러 대화하는 것은 많은 방법 가운데 하나였을 뿐이다. 정조의 어록은 그와 같은 다양한 의사소통의 방안에 녹아들어 있다. 정조가 즐겨 사용한 방안으로 다음 몇 가지를 주목하고 싶다.

첫번째로 정조는 다양한 문체의 글을 직접 썼다. 본래 글쓰기를 즐겼던 정조는 문학가 기질이 다분했다. 감성은 조금 부족해도 시와 산문은 대단히 지적이어서 일반 문인의 글보다 훨씬 난해하다. 글쓰기가 주요 일과의 하나인 일반 사대부와 비교해도 정조는 결코 뒤지지 않을 만큼 많은 글을 썼다. 신하들에게 맡겨도 될 각종 문체의 글을 직접 써서 제문, 비문, 행장, 기문, 서문, 편지글 등 일반 문집에서 볼 수 있는 다양한 종류의 글이 그의 문집에 실려 있다. 이 책에 실린 「오늘 벌어진 일은 옛 사람이 일찍이 겪었다」와 「아버지의 묘소」 등의 글이 여기에 속한다.

두번째로 정조는 신하들을 시험하는 책문策問과 행정을 지시하는 교서敎書, 비답批答, 봉서封書와 같이 국왕이 명령하고 재가하며 판결하는 공문서를 자신이 직접 썼다. 이런 문서에는 국왕 정조의 통치철학과 행정취지가 상세하게 드러나 있다. 이 책의 「암행어사를 파견하며」「재상을 새로 임명한 이유」「백성들 모두 담배를 피워라」 등이 여기에 속한다. 심지어 정조는 중범죄인의 마지막 판결을 재가하며 판결문까지 직접 썼다. 「사형수 신여척을 방면하라」가 여기에 속한다.

세번째로 전 백성을 상대로 설득하고 교육하며 국정의 현황과 행정의 실상을 알리고자 했다. 매해 새해 첫날 한 해 농사를 잘 짓도록 권장하는 권농윤음勸農綸音을 정기적으로 반포했을 뿐만 아니라 수원이나 제주도 등 문제가 발생한 특정 지방에 반포하거나 과거제도의 개혁이나 농서農書를 구하며 굶주린 백성을 달래는 윤음도 때때로 반포했다. 정조는 이를 국문으로 번역하여 함께 반포함으로써 한문을 모르는 일반 백성에게도 자신의 생각을 알리려 했다. 이 책의 「풍년든 해의 백성은 게으르다」 「첫 조참을 받고서」 등이 여기에 속한다.

네번째로 가까운 신하들과 수많은 편지를 주고받았다. 심환지沈煥之, 정민시鄭民始, 채제공蔡濟恭, 서형수徐瀅修가 대표적인 상대였다. 그들과 주고받은 비밀편지는 거의 모두 자필로 직접 썼는데 심환지에게 보낸 어찰에서 볼 수 있듯이 국정과 긴밀하게 관련한 문제를 놓고 신하와 상의하고 지시하는 등 의사를 소통하고자 애를 썼다. 뿐만 아니라 친족들에게 보낸 수많은 편지가 속속 세상에 드러나고 있다. 정조의 인간적 모습과 권력자로서의 권모술수도 편지에 드러난다. 이 책의 「대궐을 벗어나고 싶다」 등이 여기에 속한다.

다섯번째로 많은 신하들을 대궐로 불러 정치와 학문을 논했다. 각종 경전과 역사서를 놓고 신하들과 토론하기도 하고 신하들에게 질문하라고 한 뒤 답하기도 하였다. 그 결과가 『경사강의經史講義』와 「고식故寔」이라는 제목으로 편찬되어 그의 문집에 수록되었고, 여기에 참여했던 많은 학자들의 문집에는 정조와 주고받은 학문적 토론이 실려 있다. 다산 정약용의 『여유당전서』에 실려 있는 『시경강의詩經講義』가 수많은 사례의 하나이다. 정조의 정치에는 철학적 배경이 튼튼하게 자리잡고 있었다는 것을 국왕과 신하가 학문을 토론하는 모습에서 찾아볼 수 있다. 이 책의 「층수만 세지 마라」와 「민심은 무형의 성이다」가 여기에 속한다.

이밖에도 시민과 굶주린 백성을 불러 모아 대화를 나누거나 특정한 사람을 대궐로 불러 나눈 대화가 적지 않다. 이 책의 「종로에서 유민을 만나다」 「한양의 상인에게 묻다」 등이 여기에 속한다. 정조의 어록이 다채롭게 녹아 있는 대화와 토론과 지시의 방법을 다른 국왕에게서도 쉽게 찾아볼 수 있다고 생각한다면 그것은 착각이다. 비밀편지를 신하와 주고받고, 신하들과 토론하고 질문을 받은 것을 저서로 남기게 하는 방법은 정조가 새롭게 창안하거나 기왕의 유명무실한 방안을 활성화시킨 것이다. 이런 살아 숨쉬는 제도를 이용하여 정조는 생생한 말씀을 널리 전하고자 노력하였다. 그런 점에서 정조는 매체를 잘 활용하고 고안한 정치방법의 혁신자이다.

4

정조의 어록이 담긴 저작물은 대단히 방대하다. 이 책은 그 방대한 저작물에서 그의 통치철학과 사상을 선명하게 드러낼 수 있는 어록 위주로 뽑았다. 그 저작물은 대체로 세 부류로 나눌 수 있다.

먼저 정조의 문집 『홍재전서弘齋全書』이다. 184권 100책에 이르는 방대한 문집으로 1814년에 간행되었다. 주요 저작을 망라한 이 문집에서 가장 많은 글을 뽑았다. 방대한 문집이라 하여 정조가 쓴 모든 글을 모은 것은 아니다. 국왕의 문집이기에 정조가 쓴 사적인 글이나 국왕다운 이미지를 해칠 위험성이 있는 글은 싣지 않은 한계가 있으므로 이 책만으로 정조의 전 모습을 파악하기는 어렵다. 예컨대 신하들에게 보낸 비밀편지는 일절 수록되지 않았다. 문집 내용 가운데 『일득록日得錄』은 신하들이 직접 들은 정조의 말씀과 행동을 정리한 것인데 책 자체가 신하들이 들은 정조의 어록이라고 할 만하다.

다음으로 편년체 사서인 『실록』과 『일성록』 『승정원일기』 『비변사등록』 등에서 많은 글을 뽑았다. 이들 역사사료에는 정조가 내린 지시와 견해를 비롯한 국정 전반에 걸친 생각이 다채롭게 실려 있다. 특히 『홍재전서』에서는 볼 수 없는 생생한 어록이 상당히 많다. 서로 중복되는 글들은 선본에 가까운 내용을 가려 뽑았다.

문집과 사서에 실리지 않은 정조의 글과 어록은 각종 사료에서 찾아 실었다. 최근에 정조가 신하들과 친족들에게 보낸 어찰이 대거 발굴되었다. 심환지에게 보낸 비밀편지가 가장 주목을 받아 『정조어찰첩』으로 간행되었고, 그밖에도 많은 어찰첩이 발굴되고 출간되고 있다. 뿐만 아니라 정조 밑에서 벼슬살이를 했던 신하들의 문집에도 정조가 보낸 어찰과 정조의 어록이 기록되어 있다. 이 책에서는 그런 자료까지도 충실하게 반영하고자 하였다.

5

국왕이 나라를 통치하는 방법은 군대와 제도, 권력과 재정이 근간이다. 정조도 예외일 수 없다. 그러나 정조는 글과 말이란 수단을 활용하여 사색당파로, 지역 간 이해관계로, 신분의 차별로 조각난 나라를 슬기롭게 통치하였다. 정조는 신하들이나 백성들로 하여금 국왕이 우리를 사랑하고 보호한다는 믿음을 심어주었고, 한 가지 재능만 갖고 있어도 국왕은 자기를 인정할 것이라는 희망을 갖게 하였다. 자신이 능력을 갖추지 못해서 그렇지 능력만 갖춘다면 우리 대왕은 자기를 등용하리라고 기대하였다. 건륭성제의 백성들은 계층과 지역을 떠나 우리는 소외되지 않았다는 느낌을 가졌었다. 그것은 군대와 권력으로 얻을 수 있는 백성의 정서가 아니다.

정조는 그 자신이 위대한 학자였다. 그가 남긴 어록을 통해 그 깊이와 넓이를 넉넉히 확인할 수 있다. 그리고 정치와 사회, 국방만이 아니라 인생과 학문에 관해 폭넓은 관심을 기울여 어떻게 살아야 하고 어떻게 공부할 것인가에 관한 생각을 친절하게 말하고 있다. 정조가 한 말은 그 시대의 증언이기도 하고, 지금도 여전히 건강한 의의를 지닌 말씀이기도 하다. 특정한 주제에 국한되지 않고 다양한 주제에 걸쳐 있다. 곳곳에 정의로운 사회를 이루려는 욕망과 따뜻한 인간미가 스며 있다. 위대한 학자와 문인과 예술가가 활동하고 배출된 건륭성제를 일군 밑바탕에 정조의 리더십과 건강한 인간미가 있었다는 사실을 어록은 말해준다.

정조에 매력을 느끼고 그를 깊이 알고 싶어하는 사람이 많다. 그러나 그런 욕구를 충족시켜줄 만한 깊이 있는 저작이 기대만큼 많지 않은 현실이다. 그렇다고 방대한 저작과 사료를 일일이 읽는다는 것은 전문 연구자도 엄두가 나지 않는 일이다. 이 책은 그렇게 정조를 알고 싶어하는 사람의 독서를 돕고자 기획되었다.

정조가 만들고자 했던 나라의 모습과 통치자가 되는 길과 사람답게 사는 길을 그의 육성을 통해 접하는 데 도움이 되기를 기대한다.

2011년 10월 31일

대모산 아래에서

안대회

정조어필, 국화도

1장

나라의 근간이 되는 힘, 공부

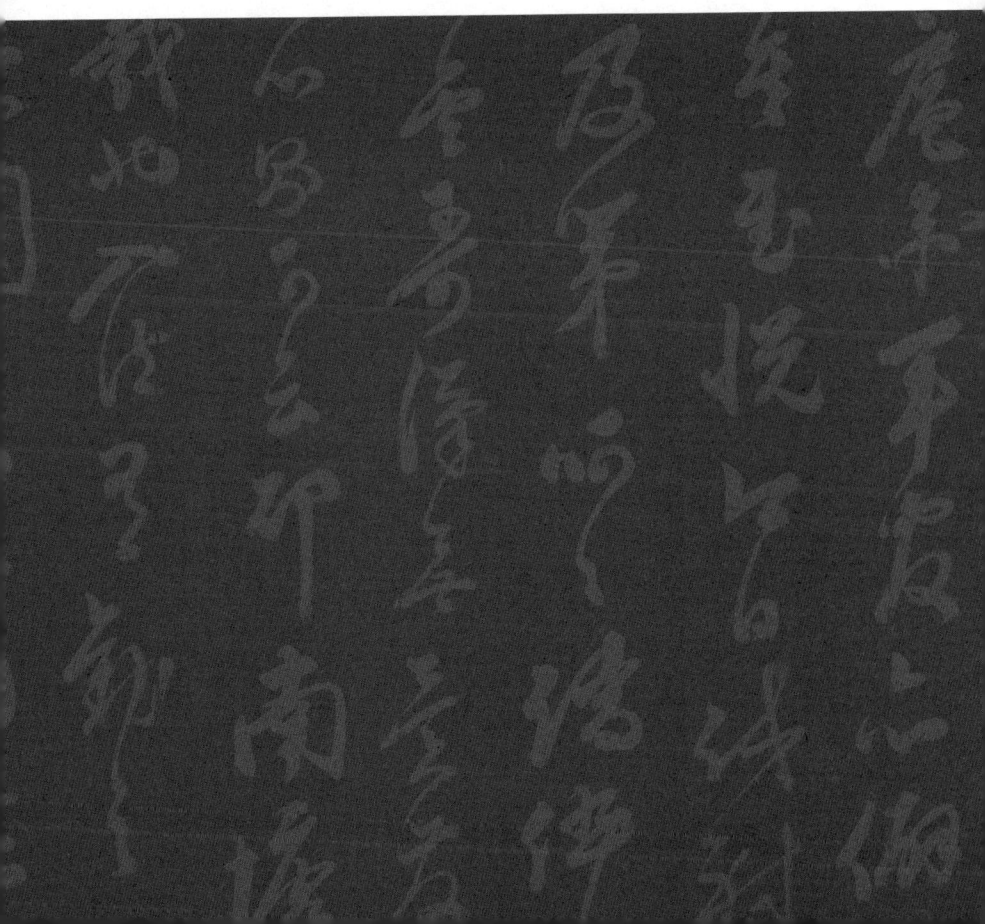

우주 사이의 세 가지 통쾌한 일

01

正
祖

요즈음에는 평소에 독서하는 사람이 드문데 그런 현상이 나는 너무도 이상하다. 하늘 아래 책을 읽고 이치를 연구하는 것만큼 아름답고 고귀한 일이 무엇이 있겠는가? 나는 일찍부터 이렇게 생각해왔다.

첫째로 경전을 연구하고 옛날의 진리를 배워서 성인이 펼쳐놓은 깊고도 미묘한 비밀을 들여다본다. 둘째로 널리 인용하고 밝게 분별하여 천년의 긴 세월 동안 해결되지 않은 문제를 시원스레 해결한다. 셋째로 호방하고 힘찬 문장 솜씨로 지혜롭고 빼어난 글을 써내어 작가들의 동산에서 거닐고 조화의 오묘한 비밀을 캐낸다.

이것이야말로 우주 사이의 세 가지 통쾌한 일이다. 이 세 가지가 시험에 합격하려고 억지로 하는 공부나 남들이 쓴 구절을 이용해 짓는 글과 견주어 말할 것이랴! 안타깝구나! 풍속과 습관이 이미 뿌리박혀서 몇 마디 말로는 돌이키기가 불가능하다.

教曰 近來人鮮有平居讀書者, 予甚惟之. 天下之可豔可貴者, 豈有如讀書窮理者乎? 予嘗以爲窮經學古而窺聖人精微之蘊, 博引明辨而破千古不決之案, 宏詞雄文, 吐屬雋穎, 而步作家之苑, 奪造化之妙, 此乃宇宙間三快事. 是豈帖括尋摘之學所可擬議者? 而惜乎習俗之已痼, 不可以言語挽回也.

―『홍재전서』 권162, 『일득록』 2, 「문학」

17 90년 서호수徐浩修가 기록한 정조의 어록으로, 독서하지 않는 세태를 안타까워한 것이다. 독서가 다른 무엇보다 좋은데 왜 사람들은 즐기지 않는지 전혀 이해하지 못하겠다는 투로 말을 꺼냈다. 독서와 연구보다 좋은 것은 없다는 말을 다른 군주나 학자가 했다면 체면치레나 난 체하는 말로 치부하고 말았겠지만, 정조의 말이므로 그대로 믿어도 괜찮다. 그만큼 정조는 책을 읽고 연구하는 것을 즐긴 사람이었다.

　그 같은 국왕 정조의 심경을 멋지게 표현한 말이 바로 우주 사이의 세 가지 통쾌한 일이라는 대목이다. 고전의 깊은 세계를 음미하고, 연구를 통해 아무도 해결하지 못한 난제를 밝혀내며, 세계의 비밀을 드러내 보이는 문장을 짓는 것이 그 세 가지다. 간단하게 말하면 독서와 연구와 글쓰기가 바로 이 우주 안에서 가장 통쾌한 세 가지 일이다. 아마도 그런 쾌락은 경험한 자만이 누릴 뿐 제3자는 비웃기만 할 것이다.

　정조는 국왕으로서도 국민이 독서하는 습관을 갖도록 만들 수는 없다고 하였다. 지금 우리 사회에도 그런 우려가 있다. 대책을 세우지 않는다면 앞으로는 더할 것이다.

독서는 스스로 터득하는 것

보내오신 말씀을 몇 번이고 반복해 읽어보니, 병석에서도 마음이 상쾌해져 정말 기뻤습니다. 분발하여 끼니도 잊은 채 즐길 일을 찾았다면, 그 무엇인들 도道에 들어가는 길이 아니겠습니까. 허나 그중에서 스스로 터득한다는 자득自得이란 두 글자가 특히나 절실합니다. 이유인즉, 독서에도 법칙이 있고, 도를 보는 데도 기술이 있어섭니다. 마음을 가라앉히고 깊이 연구하여 대상에 정신을 몰두하면 자연히 대상을 정확하게 꿰뚫어볼 때가 생기니 이것이 이른바 자득이라는 것이 아니겠습니까?

"책 만 권을 쌓아두는 것이 책 한 권을 읽어내는 것만 못하다"고 옛 사람이 말씀하였지요. 나는 일찍이 책을 모으는 버릇이 있어 좌우의 책상에 쌓인 것들이 모두 경서였는데 널리 보자니 깊이가 없고, 영역을 확장하자니 충실함이 없었습니다. 이는 모두 마음에 터득하지 못하고 그저 방만한 독서에 기울었기 때문입니다. 보내온 편지에서 이런 병통까지 언급하셨으니, 삼가 더욱더 명심하여 따끔한 가르침에 보답하겠습니다. 나머지는 만나 뵙고 말씀드리겠습니다.

來諭奉讀數回, 病懷覺爽, 良可喜也. 發憤忘食, 求所以樂之者, 夫孰非入道之方, 而其中自得二字, 尤爲切實. 蓋讀書有法, 觀道有術, 沉潛溫繹, 境與神會, 則自有脗然悟透處, 此豈非所謂自得者耶? 古人云蓄書萬卷, 不如讀了一卷, 余嘗有鳩書之癖, 左右几案, 罔非經訓, 而欲博不精, 欲擴未充, 玆皆未得於心, 徒歸汗漫之科耳. 來辭云云, 攙及此病, 謹當益加銘念, 以答頂門之誨也, 他餘在奉晤時耳.

—『홍재전서』 권3, 『춘저록春邸錄』 3, 「빈객에게 답한다答賓客」

정조가 세손 시절에, 보좌하던 신하에게 보낸 편지다. 독서의 방법을 지적한 신하에게 자신의 생각을 밝혔다. 끼니도 잊을 정도로 집중하는 것과 스스로 터득하는 것, 이 두 가지가 독서하고 도를 얻는 방법이다. 그 기준을 놓고 보면, 자신은 책을 널리 보고 갖가지로 보려는 욕심 때문에 깊이와 충실함이 부족하여 결과적으로 방만한 폐단을 낳았다고 했다. 앞에서 말한 공부 방법으로 바꾸겠다는 의지의 표현이다. 정조가 청소년기를 막 벗어난 시기임을 감안하면 조숙하면서도 태도가 의젓하다.

정조는 늘 신하들과 학문을 주제로 즐겨 의견을 교환하였다. 그런 태도가 국왕이 되기 전부터 자리잡혀 있었다. 어느 날 갑자기 태도를 바꿔 공부하는 모습을 보여준 것이 아니다. 학문에 깊이가 있었던 제왕의 말이라 그의 언급은 공부하는 자에게도 지침이 될 만하다.

조용히 책을 읽고 싶다

　주상께서 작은 수레를 타고 예닐곱 명의 시종과 함께 북쪽 정원 깊숙한 곳으로 가 작은 정자 위에 오르셨다. 때마침 봄비가 촉촉이 내리고 돌 틈을 흐르는 물소리가 들을 만했으며, 꽃과 소나무가 어우러져 그늘진 가운데 새들이 즐기는 모습이 보였다. 주상께서 그 정경을 둘러보고 기뻐하며 말씀하셨다.

　"마음에 드는 경치 좋은 곳을 얻어서 세상의 잡다한 일이 닿지 않게 하여 잡다한 생각을 말끔히 씻어버린다. 방 한 칸을 깨끗이 치우고서 자유롭게 생각하며 마음 내키는 대로 경사經史를 논한 서적을 읽는다면 참으로 즐거운 일이겠다. 그러나 이제껏 내 곁에는 십수 년간 번잡한 사무만 가득 쌓여 그렇게 하고 싶어도 할 수가 없었다."

上乘小輿, 率近侍六七, 詣北苑深處, 御小亭. 時春雨初過, 水石琮琤可聽, 花松交蔭, 但見禽鳥流影. 上顧而悅之, 敎曰 "得山水會心處, 俗事不到, 塵慮淨盡, 却掃一室, 俛仰自在, 隨意讀幾卷經史, 誠一樂也. 而今予十數年來, 機務日繁, 雖欲得此而不可得也."

―『홍재전서』 권175, 『일득록』 15, 「훈어訓語」

어느 봄날 정조는 한가한 시간을 내 금원(禁苑, 현재의 비원)을 산책했다. 꽃이 피고 새들이 노래하는 봄철인 데다 비가 내린 뒤라 청량하고 화창했다. 정사에 바쁜 국왕으로서 모처럼 누리는 한가로운 시간이었다. 산책을 하던 중 정조가 시종한 신하들에게 자신의 소망을 말했는데, 신하가 정조의 말을 기억했다가 『일득록』에 수록했다. 정조는 마음에 드는 조촐한 방안에 앉아 마음껏 책을 읽고 자유로운 생각의 날개를 펼치고 싶노라고 했다.

그러나 왕이 된 이후 십수 년 동안 국사에 눌려서 그렇게 하지 못했노라고도 했다. 막강한 권력을 쥔 제왕의 말치고는 다소 심약해 보인다. 왕 노릇 하기 어렵다는 말은 간혹 해도, 조용히 앉아 책 읽고 싶다는 말은 하지 않는다. 그러나 정조의 경우에는 정치적 발언이라기보다 그의 내심 한 귀퉁이에 있는 소망이라고 믿고 싶다. 워낙 학문과 독서에 취미를 가진 군주였기 때문에 빈말로 보이지 않는다.

정조는 풍경을 감상하고 여유를 즐기는 일을 기회가 닿을 때마다 언급했다. 권력에만 매몰되어 살지 않고 교양인의 정서를 지니고 자연을 즐기고 예술을 사랑하는 제왕의 모습을 이 작은 장면에서도 확인할 수 있다. 정조시대가 우리 역사상 학문과 예술이 가장 발달한 시기였던 이유이기도 하다.

층수만 세지 마라

학문을 하는 것은 마치 일백층 높이의 보탑寶塔에 오르는 것과 같다. 한 층 한 층 따라 올라가면 남에게 묻지 않아도 저절로 꼭대기에 도달할 수 있다. 그러나 종일토록 속절없이 탑 밖에서 층수만 세고 있으면 한 걸음도 올라갈 수 없다. 책의 체제니 호응이니 접속接續이니 기결起結이니 하는 말을 굳이 할 필요가 있겠는가? 이러한 꽉 막히고 번잡한 문제는 접어두고 나 자신이 몸과 마음으로 노력을 가하는 것이 좋겠다.

爲學如登百層寶塔, 逐層層登將去, 不待問人, 自到上面. 却終日懸
空數他層, 一步也不能進. (중략) 曷嘗曰體例也, 照應也, 接續也, 起結
也云乎哉? 且置此等膠擾, 就吾身心上用功爲可.

―『홍재전서』권129, 『고식故寔』1, 「대학大學」

제대로 학문을 하려면 어떻게 해야 할까? 변죽만 울리지 말고 학문의 세계로 바로 들어가라! 정조가 신하들과 학문을 토론하며 한 말이다. 1794년 국왕은 11명의 신하들을 상대로 『대학』을 놓고 시시비비를 가리자며 토론을 벌였다. 신하들은 온갖 질문을 쏟아냈고, 정조는 하나하나 답을 했다. 나이가 들어 답을 제대로 못하겠다면서도 그는 중단하지 않았다. 그러던 중 유태좌라는 신하가 『대학』이란 책의 체제에 문제가 있고 문맥의 접속과 호응이 잘 안 되어 이해하기 어렵다는 말을 했다. 정조는 이렇게 답했다. "변죽만 울리지 말고 복판을 쳐라! 일백층 높이의 탑을 오르려고 한 층 한 층 올라가다 보면 꼭대기에 도달한다. 그러나 지레 겁먹거나 요령껏 지름길을 찾는다고 층수만 세다 보면 한 층도 올라가지 못한다. 『대학』을 공부할 때 그런 것을 먼저 따지는 것이 내용을 이해하는 데 도움이 안 되는 것은 아니지만 책을 이해하는 올바른 길은 아니다."

생각해보면, 출판사와 지질과 인쇄상태와 저자의 약력을 아는 것이 독서에 도움이 안 되는 것은 아니지만, 이런 것들은 다 주변적인 것이고 준비단계일 뿐이지 독서 자체는 아니다. 역대 왕 중에 정조처럼 토론 자리를 마련한 국왕으로 누가 있는가? 더욱이 인간의 약점을 파헤친 사람은 많지 않다. 그런데 탑은 오르지 않고 층수만 헤아리는 사람이 학문하는 사람뿐이겠는가?

중국어를 배워라

주상께서 한림翰林 이곤수李崑秀에게 말했다.

"그대의 선조 월사月沙 이정귀李廷龜가 춘방春坊에 입직했을 때 명나라 사신이 왔으나 통역관을 미처 대령하지 못했다. 그러자 월사가 어전에서 중국말과 우리말로 양쪽 사이에서 막힘없이 통역했다. 명나라 사신이 '해동海東의 학사는 중국말도 잘 아는군요'라고 말했다. 그 일이 지금까지 미담으로 전해온다. 오늘날 중국어를 임금 앞에서 익히는 관례가 폐기된 지 오래다. 선조 임금 때에는 경연에서 모두 중국어를 썼다. 삼경三經의 정음正音이 지금 간행된 것도 그 덕분이다. 조참 때에는 우리말을 금하는 팻말을 세웠고, 사사로이 인견할 때에도 그렇게 했다. 세상의 등급이 갈수록 떨어져 중국말을 듣지 못하니 참으로 개탄스럽다."

謂翰林李崑秀曰"爾之先祖月沙直春坊時, 詔使來, 通事未及待令, 月沙於御前, 以華東語通兩間無滯. 詔使曰'海東學士, 亦解華語'至今爲美談. 今則漢學殿講廢却久矣. 宣廟朝筵皆用華語, 三經正音之至今刊行, 亦由是也. 朝參時立禁鄉語牌, 燕見亦然. 世級漸降, 華語不得聞, 良用慨然."

—『홍재전서』 권166, 『일득록』 6, 「정사政事」

정조가 1784년 문신들에게 중국어 공부하기를 권하며 한 말이다. 통역을 맡은 역관이 따로 있기는 하나 그들의 입을 빌리지 말고 직접 중국인과 대화할 수 있는 능력을 문신들에게 요구했다. 일종의 중국어 몰입교육을 고위공직자에게 실시하고자 한 셈이다. 정조는 그 선례로 이곤수의 조상인 이정귀를 들었다. 이정귀는 선조 때 중국어를 잘해 외교문제를 해결하는 데 큰 공훈을 세운 문신이다.

정조는 지난 역사에서 중국어를 익히고자 경연에서 우리말을 금지한 관례를 들어가면서 독려했다. 하지만 당시의 사회가 정조의 뜻대로 움직이지는 않았다. 지식인들은 청나라를 싫어하여 아예 중국어를 익히지 않았다. 모든 것을 역관에게 맡겨두고 스스로 국제 감각을 상실하는 길을 택했다.

이런 문제를 직시한 정조는 중국어를 비롯한 외국어 교육을 강조했고, 고위 관료로 성장할 젊은 문신들이 중국어를 공부하도록 강제할 제도를 정비하고 지속적인 교육과 시험을 마련했다. 그러나 실효를 크게 거두지 못했다. 정조의 개탄과 노력을, 영어를 배우기에 온 나라의 재산과 시간, 능력의 상당수를 투자하는 현재의 상황과 비교하면 하늘과 땅 차이다.

교육은 어릴 때부터

『주역周易』 「몽괘蒙卦」의 〈단사彖辭〉에서는 "아이가 어릴 때 올바르게 기르는 것이 성인으로 가는 길이다"라고 했다. 성인과 어린이는 그 거리가 아주 멀다. 그러나 어린이로부터 성인의 영역으로 접어드는 것은 어떻게 기르느냐에 달려 있고, 또 그를 올바르게 기르는 것은 어떤 스승에게 배우느냐에 달려 있다. 그렇기 때문에 한漢나라 가의賈誼의 말을 들어보면 "태자가 훌륭한 인물이 되는 것은 조기에 잘 가르치고 곁에서 보살필 사람을 어떻게 고르느냐에 달려 있다"라고 했다.

양문공楊文公도 가훈에서 "어린이의 뛰어난 지혜와 뛰어난 능력을 배양하기 위해서는 귀에 먼저 들어가는 말을 잘 골라야 한다"

고 말했는데 주자朱子가 그 말을 채택하여 『소학小學』에 넣어두었다. 그렇다면 어린이를 잘 가르칠 스승을 잘 선발해야 하지 않겠는가?

易蒙之象曰 "蒙以養正, 聖功也." 聖與蒙遠矣, 而自蒙而入聖, 存乎養, 養之以正, 又存乎師. 故賈太傅之言以謂太子之善, 在於早論敎與選左右. 楊文公家訓亦曰 "養其良知良能, 當以先入之言爲主", 而紫陽子採其語, 編之小學. 然則蒙養之師, 不亦難其選歟?

— 『홍재전서』 권8, 「뇌연집서雷淵集序」

정조가 스승인 남유용南有容의 문집을 편찬해주고 직접 서문을 써서 세 살부터 정성껏 가르쳐준 스승에 대한 고마움을 표시했다. 어린이와 성인의 거리는 너무도 멀다. 그러나 어린이 한 사람을 잘 교육하면 성인까지도 바라볼 수 있다. 물론 그렇게 하려면 훌륭한 스승의 뒷받침이 필요하다. 자신은 남유용 같은 스승을 만나 잘 배운 덕택에 무진 애를 써야 겨우 이해하는 정도의 자질로도 이치를 분별할 수 있는 능력을 얻게 되었다고 겸손해했다.

정조는 몇 사람의 말을 끌어다가 어린이를 일찍부터 올바른 길로 들어서도록 인도해야 한다고 말했다. 지금 방식대로라면 조기교육의 필요성을 강조한 것이다. 여기에는 훌륭한 교사가 필요하다. 생애 첫 교육에서 어린이의 귀에 들어가는 말은 그의 인생에 크고 깊은 영향을 끼치기 때문이다. 다른 곳에서도 정조는 조기교육을 강조하며 생애 처음 접하는 가르침에서 '올바른 말을 듣고 올바른 일을 보는 것'이야말로 중요하다고 했다. 제 아무리 위대한 성인의 자질을 소유한 사람이라도 교육의 근본에서 벗어날 수는 없다는 것이 정조의 생각이었다.

불순한 학문이라도
법으로 막지 못한다

불순한 학문 사학邪學을 막는 방도는 법을 만드는 데에 있지 않다고 나는 생각한다. 지난번 빈대(賓對, 매달 여섯 차례씩 정승, 대간, 옥당들이 임금 앞에서 정무를 보고하던 일)에서도 이미 말했지만, 고관과 선비들이 지극히 크고 지극히 올곧은 기운을 가득히 배양하고 불순하고 약삭빠른 버릇을 깊이 배척한다면 육예(六藝, 정규) 과목에 포함되지 않은 다른 것들은 저절로 따돌림을 당해 사라질 것이다.

먼저 조정에서 사람을 쓰고 버릴 때부터 행실과 옷차림새나 말투와 글씨가 저 한 쪽에 기울어버린 자가 있으면 일체 배척해서 참여하지 못하게 해야 한다. 그래야 풍속을 크게 변화시키는 길에 가까울 것이다. 그러나 그렇게 하지 못한 점이 많다. 죽은 정승 판부사 채제공蔡濟恭이 "올곧은 사람을 등용하기는 했으나 올곧지 못한 사람을 버리지는 못했다"라고 말했는데, 그 말이 정말 옳다. 한성부부터 철저히 조사해야 한다고 말했는데 꼭 집어 말한 자가 없으니 어떻게 철저히 조사하는가? 들은 것이 있다면 왜 바로 말하지 않고 모호하게 탄핵하는가?

영남 사람은 본래 질박하다고 하건만 이 대간의 행동은 정말 눈에 거슬린다. 게다가 근래 불순한 학문이 곳곳에서 횡행하는 현상을 모르는 사람이 없다. 그렇건만 이익운의 사사로운 편지를 보고서야 비로소 알았다고 말한 것은 정말 너무도 성실치 못한 것이 아닌가? 바른말을 구하는 때라 꺾어버리고 싶지는 않으나 이런 태도는 내가 몹시 미워한다.

予謂邪學禁遏之道, 不在於設法. 向日賓對亦已言及, 而搢紳章甫之間, 充養至大至剛之氣, 深戒邪淫噍殺之習, 則諸不在六藝之科者, 自當在斥黜矣. 先自朝廷上用舍之際, 凡係擧止也服着也言語也文字也, 如有近於此一邊者, 一切擯不與焉. 則幾可爲丕變之道, 而亦有不能盡然處. 故相蔡判府事所謂"擧直則有之, 而錯枉則不足云者,"其言誠是矣. 至於自京兆究覈, 則旣無誰某之可以指的者, 將何以究覈? 而苟有所聞, 何不直切言之, 乃爲糢糊之論乎? 嶺人素稱質實, 而此臺臣擧措, 極爲礙眼. 且近日邪學之在處肆行, 無人不知, 則謂見李益運私書而始乃知之云者, 尤豈非不誠之甚乎? 求言之時, 不欲摧折, 而此等之習, 予切惡之.

—『정조실록』 51권, 23년(1799) 5월 25일자 기사

17 99년 5월 25일 『정조실록』에 나오는 어록이다. 사헌부 장령掌令 강세륜姜世綸이 서울에도 불순한 학문, 다시 말해 사학이 크게 퍼질 조짐이 보이므로 법을 만들어 방지해야 한다고 주장했다. 그 주장을 거부하면서 이와 같이 답했다.

정조는 당시에 급속하게 세력을 확장하던 서학西學을 불순한 학문 '사학'으로 규정하고 확산을 막을 대책에 골몰했다. 그 현상과 대책을 대하며 정조는 종교나 학술은 올바르고 나은 모범을 제시하여 유도해야 하는 것이지 법을 만들어 금지해서 될 일은 아니라는 태도를 가졌다.

그는 서학이 유행하는 현상은 전체적인 사회 분위기 탓이 크다고 판단한 듯하다. 그래서 근본 대책으로 자주 사대부의 자세와 학술과 분위기를 거론했다. 그는 온건한 태도로 종교와 학술 문제를 처리했으나 그 현상을 강경하게 처리하고자 하거나 반대당을 몰아내는 기회로 활용한 부류가 있었다. 정조는 그 낌새를 알아차리고 용인하지 않았으나 그의 사후 신유박해를 비롯한 무자비한 색출과 살육이 전개되었다. 법의 제정을 통해 처벌하는 방식이 채택된 셈이다. 역사적으로 보면, 종교와 학술을 보는 정조의 태도가 올바른 것이 아닐까?

아는 것이 먼저다

임금께서 "묻고 배우는 공부는 아는 것과 실천하는 것 두 가지 일에 불과하다. 그러나 예로부터 공부하는 자들이 지식은 충분하지만 실천은 부족한 이가 있는가 하면, 실천은 잘하지만 지식은 부족한 이가 있었다. 두 가지 중에 어느 것이 더 어려운가?"라고 물으셨다.

"『서경書經』에 '아는 것이 어려운 것이 아니라 실천하기가 어렵다'고 한 걸로 봐서 실천하기가 더 어렵습니다"라고 답한 사람이 있었다. 그 답을 듣고 임금께서 이렇게 말씀하셨다.

"그렇다. 선은 당연히 해야 하고 악은 당연히 하지 않아야 한다는 것을 누군들 모르겠는가? 다만 실천하지 못하는 데 고민이 있을 뿐이다. 그러나 이는 군주와 신하 사이에 번갈아 권유한 말일 뿐이다. 만일 공부하는 순서를 논한다면, 실천이 충실하지 못한 것은 아는 것이 명확하지 못한 때문이다. 고기가 맛있고 오훼(烏喙, 독초)는 먹지 못한다는 것을 알듯이 진정 명확히 안다면 이것이 바로 성誠이다. 어찌 실천이 충실하지 못할 사람이 있겠는가? 따라서 아는 것이 더 어렵다고 한 것이다."

"問學之工, 不過知行二事, 而自古學者, 或有知有餘而行不足者, 又或有行有餘而知不足者. 二者之間, 孰爲尤難?"或曰"書云非知之艱, 行之惟艱, 行爲尤難."上曰"然! 夫善之當爲, 惡之不當爲, 孰不知之, 而患在於不能行之耳. 然此則, 只是君臣交勉之辭也. 若論爲學次序, 則行之不篤, 以知之不明也. 苟能眞知, 如芻豢之悅於口, 烏喙之不可食, 則便是誠也. 豈有行之不篤者乎? 故曰知爲尤難."

—『홍재전서』 권161, 『일득록』 1, 「문학」

17

83년 정조와 신하가 주고받은 문답을 서용보가 기록했다. 지식과 실천 가운데 어느 쪽이 더 어려울까? 신하 가운데 한 사람이 실천이 더 어렵다고 답했다. 모범답안이다. 정조도 그 점을 인정했다. 그렇다면 정조의 속마음은 무엇일까? 뜻하지 않게 정조는 실천보다 아는 것이 우선한다고 말했다. 알면 행하는 것인데, 행하지 않는 이유는 제대로 알지 못하기 때문이라고 했다. 고기가 맛있는 줄 알면 먹지 않을 사람이 없고, 독초를 먹으면 죽는다는 것을 알면 먹지 않는다는 예를 들어 정확하게 알면 행한다고 주장했다.

그래서 정조는 실천보다 지식이 더 어렵다고 했다. 정조는 『대학』과 같은 경서를 강의하면서도 "지식을 한 푼 얻게 되면 바로 실천도 한 푼 얻게 되므로 지가 먼저이고 행이 뒤라는 것은 진실로 바뀔 수 없는 공부의 차례이다"라고 말해 오랜 소신임을 밝혔다. 정조는 지식, 특히 명확한 지식을 강조한 군주다.

시대에 따라 문체가 바뀌는가

문체文體란 세대에 따라 똑같지 않아서 한 세대 사이에도 거듭 변하며 오로지 시대의 추이를 따라간다. 하지만 문체의 흥망성쇠가 정치와 더불어 통하지 않은 일은 없었다. 도道를 담은 문장이 가장 높다. 하지만 그보다 아래에 있는 문장이라도 반드시 학식이 속에 쌓여야 아름다움이 밖으로 드러난것이다. 순탄함을 구하지 않아도 자연히 순탄하며 기이함을 구하지 않아도 자연히 기이해진다. 순탄한 문장은 마치 큰 강물이 도도하게 흘러 하루에 천리를 가는 것과도 같고, 기이한 문장은 마치 성난 파도가 바위에 부딪쳐 갖가지 변화가 마구 생기는 것과 같다. 그렇게 되어야 비로소 번성한 세대의 문장이 될 수 있다. 문장으로 선비를 선발하는 자도 겉으로 드러난 문장을 보고서 속에 쌓인 학식을 엿볼 수 있다.

우리나라는 문사들이 수두룩하게 앞뒤로 줄지어 배출되었는데 거장에 속하는 선배 가운데 누가 어렵게 쓰고 누가 쉽게 쓰며, 누가 순탄하게 쓰고 누가 기이하게 쓰는지를 다는 모르지만 번성하다고 하지 않을 수 없다. 그런데 어찌된 영문인지 근래 들어서는 알려진 작가가 없어 적막하고 선비들이 익히는 것이라곤 과거장의 문장에 불과하다. 상투적인 것에 빠져 있지 않으면 구태여 억지로 괴기하게 짓는다. 문장의 체제와 격조의 면에서 어렵게 쓴다거나 쉽게 쓴다거나 굳이 말할 필요조차 없고, 천박하고 난잡함이 가면 갈수록 심해진다. 이것이 정녕 세상의 풍속이 만든 결과인가? 아니면 교육을 잘못하여 낳은 결과인가? 어떻게 하면 문체를 크게 혁신하여 순탄함과 기이함이 제각기 적절하여 유학을 넓게 펼치고 세상의 질서를 빛나게 할 수 있겠는가?

大抵文體隨世不同, 而一世之間, 亦或屢變, 惟時之尙, 而其盛衰興
替, 未嘗不與政通矣. 貫道之文尙矣, 雖其下者, 必也學識積於中而英
華發於外, 不求順而自順, 不求奇而自奇. 其順者如江淮安流, 一日千
里, 其奇者如怒濤激石, 變態橫生, 然後方可爲盛世之文. 而以文取士
者, 亦可以叩其外而質其中之所蘊也. 我朝文士, 蔚然相望, 前輩鉅手,
未知其孰爲艱孰爲易, 孰爲順孰爲奇, 而亦不可不謂之盛矣. 夫何挽近
以來, 寂然無聞, 儒士所習, 不過科臼文字, 而如非泥於庸常, 亦必强作
詭怪. 其於文章體格, 元無艱易之可言, 而膚淺淆雜, 愈往愈甚. 此固俗
習之使然歟, 抑亦培養之失宜歟? 何以則丕新文體, 或順或奇, 各得其
宜, 俾有以張斯文而賁世道歟?

— 『홍재전서』 권49, 「문체」

정조는 문학에 큰 관심을 쏟았다. 자신이 다스리는 시대에 과거처럼 뛰어난 문장가가 나오지 않는다고 걱정하고, 법도를 지켜 쓰는 순정한 문체는 사라지고 새롭고 기발한 문체만을 숭상한다고 개탄했다. 소설이 유행하는 현상을 싫어하여 문체반정을 주도하기도 했다. 문체를 순정하게 바꾸기 위한 정책의 일환으로 정조는 두 번에 걸쳐 문체를 주제로 선비들을 시험했다. 1784년과 1789년에 각각 책문策問을 내어 질문했는데 위에 나온 책문은 1784년 3월 10일에 내건 것이다.

정조는 옛날의 문장가는 문체가 좋은데 후대로 갈수록 문체가 나빠지고 있으며, 특히 동시대의 문체는 천박하다고 비판하고 있다. 그의 시각은 지나치게 과거 지향적이고 보수적이다. 이 책문에 답한 신하들 가운데 지금 시대의 문장이 이렇게 변한 것은 바로 국왕이 앞장서서 그런 문장으로 유도한 결과라고 되받아치기도 했다. 정조는 자기 시대의 문체를 비판했으나 그의 시대는 개성적인 문장가가 많이 배출된 시대이다. 관심의 각도야 어찌 되었든 문체에 관심을 가졌다는 것 자체가 문화융성의 튼튼한 배경이 되었다.

2장

백성을 걱정하는 마음

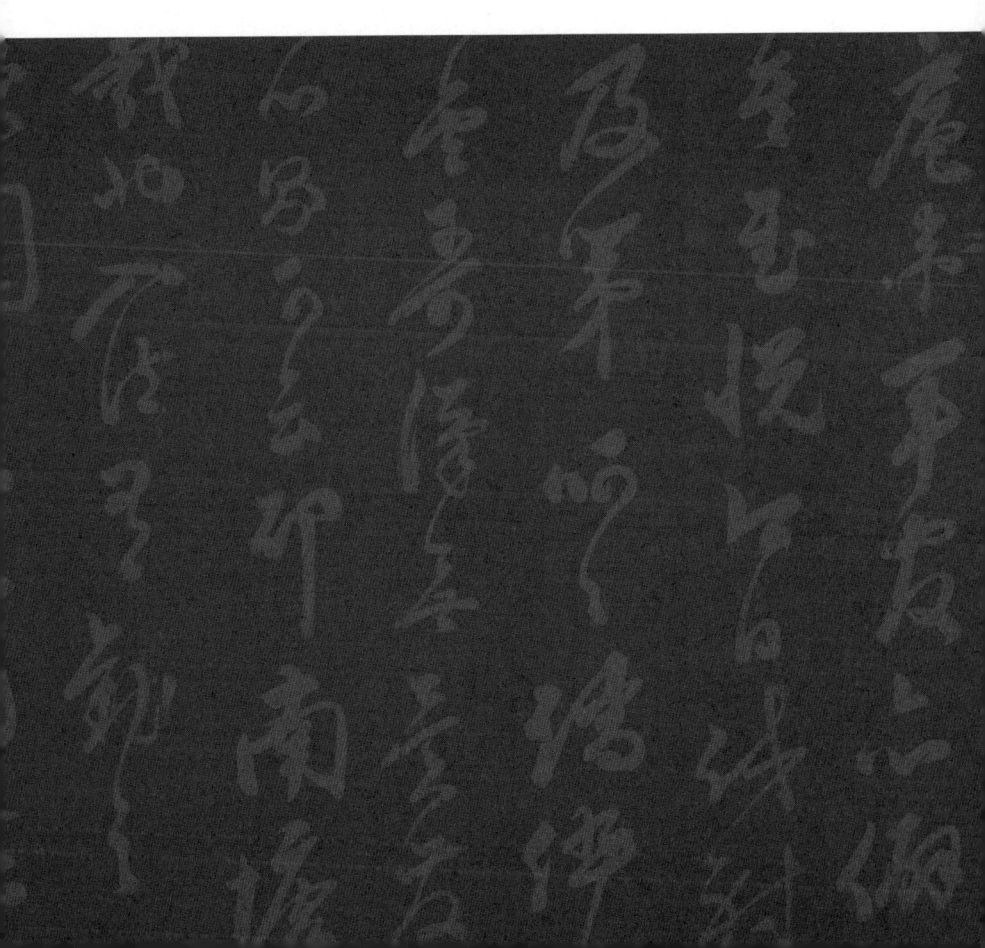

겨울에 얼음이 얼지 않다니!

겨울인데도 얼음이 얼지 않자 다음과 같이 하교하셨다.

"금년 겨울은 겨울 날씨가 봄날처럼 따뜻하다. 큰 추위가 이미 지나고 봄이 가까이 다가왔는데 강물은 얼지 않고 새싹이 돋아나려 한다. 이 얼마나 큰 이변인가? 불행히도 하늘이 노하고 백성들이 원망한다고 옛 사람이 말한 상황에 가깝다. 그렇게 된 이유를 곰곰이 따져보면 누구에게 잘못을 돌릴 것인가? 첫째도 내가 부덕한 탓이요, 둘째도 내가 부덕한 탓이다. (중략) 아! 봄에 얼음이 얼지 않아도 기근이 든다고 하는 터에 더구나 겨울에 얼음이 얼지 않았으니 나라가 장차 어떻게 되겠는가? 생각이 여기에 미치면 차라리 죽고만 싶은 심정이다."

無氷. 敎曰 "今年之冬, 冬暖如春. 窮沍已過, 獻發在邇. 江水不氷, 萌芽欲拆, 是何等變異也? 古人所謂天怒民怨者, 不幸近之, 靜究厥故, 誰執其咎? 一則, 予否德;二則, 予否德也. (중략) 噫! 春而無氷, 猶謂之饑, 況冬而無氷, 國將奈何? 言念至此, 寧欲無吒."

─『정조실록』, 정조 2년(1778) 12월 19일자 기사

17 78년 12월 19일 정조가 하교한 말 가운데 일부다. 음력 12월19일이므로 늦겨울이다. 그 해에는 겨울이 따뜻하여 한 강에 얼음이 얼지 않았다. 기상이변을 놓고 정조는 대단히 걱정했다. 기상이변은 농사에 큰 해를 입히기 때문에 국왕으로서 걱정하지 않을 수 없다. 국왕이 걱정할 국사 가운데 날씨는 가장 앞서는 것 중 하나였다. 그렇더라도 정조는 유달리 날씨 걱정을 많이 했다. 실록과 문집을 보면, 정조는 시시때때로 기상이 좋지 않은 것 때문에 밤잠을 자지 못했고, 때맞춰 기상이 좋아지면 기분이 좋아서 그 표현을 과하게 하곤 했다. 다음해 농사를 걱정하며 차라리 죽고 싶다고 말하는 것을 보라! 정조는 으레 모든 책임을 자신의 부덕함으로 돌리고, 여기는 그런 내용이 없지만 이어서 꼭 구체적 대응책을 내놓았다.

그 해 정조가 얼음이 얼지 않는 날씨를 걱정한 큰 이유는 여름에 쓸 얼음을 빙고氷庫에 쟁여놓지 못할까 봐서였다. 여름에 얼음이 없으면 제사와 같은 국가의 행사에서 음식의 부패를 막을 방법이 없었다. 그래서 걱정에 이어 얼음장을 찾아 빙고로 운반하라는 명령을 내렸다. 지난 겨울처럼 눈이 많이 오고 날이 몹시 추울 때라면 그도 얼음 걱정은 하지 않았으리라. 그 대신 분명 다른 일을 걱정했을 것이다. 그가 무엇을 걱정했을지 궁금하다.

차라리 전복을 먹지 않겠다

과인이 왕위에 오른 뒤로 아직도 팔도 백성에게 실질적인 혜택이 두루 미치지 못했다. 더구나 제주는 바다 밖에 떨어져 있는 데다 근자에는 흉년이 자주 생겨 백성들이 부황이 들었다. 이를 떠올릴 때마다 내 몸이 아픈 듯하다. 제주목사가 올린 장계를 이제 보니 전복을 채취하는 힘겨운 장면이 눈에 선하다. 고생함을 일찍부터 알고 있어서 폐단을 바로잡으려 한 지 오래다. 공물을 줄이는 것이 낫지 우리 백성을 왜 고생시키겠는가? 연례로 바치는 회전복 5,508첩貼 17관이 안에서 우선 줄여준 것과 아직 줄이지 않은 것을 특별히 영구히 감면하노니 도민의 폐단을 조금이라도 제거하여 편안히 살도록 시행하라! 이것이 선왕께서 남기신 뜻이다. 이 사실을 백성들에게 널리 알리고 거행한 상황을 즉시 장계로 보고하도록 비변사에서 분부하라.

寡人御極之後, 實惠尙未下究於八路, 而況濟州卽滄海之外, 近因歉歲居多, 民生顧頷. 每一念之, 若恫在己. 今覽本牧狀聞, 其採鰒艱辛之狀, 如在目中. 此事稔聞, 每欲矯救者久矣. 寧損御供, 豈勞吾民? 年例進貢灰全鰒五千五百八貼十七串內, 姑減者與未減者, 幷行蠲減, 以除島民一分之弊, 使奠其居. 此蓋先王遺意. 以此曉諭民人, 擧行形止, 卽爲狀聞事, 自備局分付.

—『비변사등록備邊司謄錄』, 정조 2년(1778) 5월 29일자 기사

정조 2년(1778년) 5월 29일 비변사에 내린 국왕의 명령문이다. 제주도에서 궁궐에 공물로 바치는 전복을 영구히 감면하여 제주도민을 고생시키지 말라는 지시이다. 제주도는 흉년이 자주 발생하는 지역이었다. 게다가 말과 전복을 진상하는 고통까지 가중되었다. 정조는 즉위 초기 제주도의 흉년 상황을 보고받고서 그들을 고통에서 벗어나게 해주고자 했다. 주목할 만한 것은 국왕의 자기반성 대목이다. 자신이 왕위에 올랐음에도 백성들에게 실질적 혜택이 돌아가지 않는다는 것에 미안해했고, 먼 지역일수록 더 심하게 고통받는 백성을 생각하면 마치 자기 몸이 아픈 듯 느낀 대목이다.

정조의 명령문에서는 백성을 사랑하는 심경의 진정성이 담겨 있다. 그는 『일득록』에서 "전복 따는 고통을 떠올리면 전복을 삼킬 생각이 어떻게 나겠는가?"라며 전복 진상으로 발생한 폐단을 없애라고 지시한 적도 있다. 백성들에게 고통을 안기느니 차라리 자기가 전복을 먹지 않겠다는 말이다. 이러한 따뜻한 마음이 정조시대가 다른 시대보다 번영한 기틀이 된 것이 아닐까.

백성의 생계를 빼앗지는 못한다

 우리나라 조운漕運은 상류에서 하류로 내려오는 것도 있기는 하나, 삼남三南의 수송 물자는 모두 바다를 거쳐 한강으로 올라온다. 도성에서 사용하는 물자가 오로지 여기에 의존한다. 이 상태가 고려부터 지금까지 바뀌지 않고 있다. 해운海運할 때 파선되거나 곡식이 물에 젖어 썩는 걱정이 오늘날보다 심한 적이 없다. 그 폐단이 어디에 있을까? 안홍安興 뱃길을 파자는 논란이 오래되었으나 찬성과 반대가 강하게 충돌하여 의견이 통일되지 못했다. 안홍의 좌우에 조창을 설치하여 위험한 물길을 피하자는 제안도 있다. 천리가 되는 바닷길에서 이곳만이 염려되었으나 지금은 내양의 파도가 잔잔하던 곳마저 파선되고 암초와 모래톱으로 선창을 부수기에 안흥만 위험한 것이 아니다. 그 까닭이 무엇인가?

어떤 사람은 "호남의 각 고을에서 개인 선박을 빌려 싣기 때문에 도구가 완비되지 못하고 사공과 곁꾼도 고르지 못하다. 출발도 일정치 않고 호송도 용의주도하기가 어렵다. 지체되고 파선되는 폐단이 이 때문에 발생한다. 조운선과 조운군을 설치하고 기강을 세워서 운송하면 이런 폐단을 없앨 수 있다"고 제안한다. 이것은 전혀 그렇지 않다. 국가에서 영남에 이 법을 시행하자 운송을 생업으로 삼는 한강의 백성들이 벌써 손해를 보고 있다. 만약 호남의 이익마저 빼앗는다면 해운에는 조금 이익을 본다 해도 한강 백성들은 어떻게 하는가? 이것이 내가 차라리 국가에서 손해를 보더라도 조운선을 설치하자는 계책을 따르지 못하는 이유다. 다만 지금 조운의 일로 백성과 나라가 겪는 곤란이 작은 일이 아니다. 국가에서 차마 좌시하고 해결하지 않을 수 있겠는가? 그대들 가운데 고금의 제도에 통달하는 사람이 있을 것이니 이해의 근원을 찾아서 공사가 모두 편리하고 해묵은 폐단이 저절로 사라질 수 있는 방법을 제각기 글에 자세히 밝혀라! 내 친히 살펴보리라.

我國漕運, 雖有自上游流下者, 而三南轉輪, 皆浮于海, 達于江, 都下之用, 專賴於此. 至於海運之路, 自麗訖今, 未有改也. 破船臭載之患, 莫甚於近日, 其弊安在? 安興掘浦之議, 其來久矣, 可否相持, 不能歸一. 則至有左右設倉, 以避水險之論. 蓋以海道千里, 惟此爲患, 而今則內洋平波, 皆可以摧檣, 草港沙嶼, 亦無不敗艚, 非獨安興爲險, 此其故何歟? 或者謂以湖南列邑, 賃載私船, 故槳楫未完, 沙格不齊, 發運無時, 護送難周, 逗敗之患, 由玆而致. 若設漕船漕卒, 作綱而運, 則可捄此弊. 此有大不然者, 朝家旣於嶺南設此法, 而五江之民, 以賃載爲生者, 已失利矣. 若幷湖南之利而奪之, 則設令少益於海運, 其於江民何? 此予所以寧損於國, 不能從漕船之畫者也. 第今漕運一事, 民國受困, 是豈細故也, 朝家寧忍坐視不救乎? 子大夫必有能洞古今之制, 究利害之原, 使公私俱便, 而宿弊自祛者, 其各悉陳于篇, 予將親覽焉.

―『홍재전서』 권49, 『책문』, 「조운」

17 82년 봄에 정조는 유생들에게 시험문제로 조운책漕運策을 냈다. 조운이란 지방에서 거둔 조세를 강과 바다의 배를 이용하여 서울로 수송하는 제도이다. 주로 연안의 해운운송을 택했는데 갖가지 폐단이 발생했다. 수송로인 안면도 일대 바닷길의 준설을 비롯한 다양한 대책이 제시되고, 일부는 시행되었다. 정조는 이 문제를 공론화해 유생들을 대상으로 주제로 내주고 대책을 논하라고 했다. 그때 이 사안을 보는 기본 시각과 방침을 제시했는데, 어떠한 정책도 백성들의 생계를 해치지 않아야 한다는 것이었다.

당시 서울 마포 등지에서 일용직 근로자들은 뱃짐을 나르는 일을 하며 먹고 살았다. 그러므로 해운 전담기구의 설치는 이들의 생계를 빼앗는 결과를 초래할 수밖에 없었다. 정조는 차라리 국가가 일정한 손해를 보는 길을 택하고 도시 빈민의 생계를 빼앗지 않는 선에서 대안을 찾고자 했다. 극빈층을 배려하는 정책의 가이드라인을 제시했다는 점에서 양심적 정치가의 모습을 보여준다.

종로에서 유민을 만나다

　서북西北 지방에 기근이 들어 유민流民 수백 명이 서울까지 이르렀다. 임금이 깜짝 놀라 "이는 지방관이 어루만져 보살펴주지 못한 죄이다. 속히 감사와 수령을 문책하여 죄를 물어라"고 명했다. 그리고 종로로 나가 한성판윤에게 유민들을 불러모으도록 명하고, 머무는 곳과 괴로운 일을 두루 물으셨다. 그 자리에서 다음과 같이 하교하셨다.

　"그대들의 누더기 옷과 깡마른 모습을 보니 나도 모르게 참담해진다. 내가 그대들의 부모가 되어 그대들을 이렇게 굶고 떨게 만들었으니, 비단옷과 좋은 음식에 따뜻한 보료 위인들 어떻게 편안하겠는가? 그대들이 노인을 부축하고 어린애를 이끌고서 사방으로 떠돌면서 안락한 곳을 찾고자 한다. 그러나 제 살던 곳에 살면서 제 생업을 지켜야만 구렁텅이에 나뒹구는 꼴을 면한다. 내 이제 그대들의 세금을 면제하고 그대들에게 곡식을 줄 테니 그대들은 각자의 집으로 돌아가라! 그러면 자연히 입고 먹을 것이 있으리라. 내가 보장하노니 그대들은 두려워하지 말라!"고 하셨다.

다음에는 호조와 선혜청의 신하에게 쌀과 유의(襦衣, 겨울에 입는 옷)를 지급하도록 명하고, 비변사 낭청과 선전관宣傳官으로 하여금 각기 지방으로 호송하여 곡식을 주도록 하셨다. 또 "내가 본 사람은 수백 명에 지나지 않으니, 이른바 소는 보았고 양은 아직 보지 못한 격이다. 이밖에 각도의 유민을 안정시키고 보전하는 책임은 수령에게 있다"고 하교하셨다. 이때 성상의 건강이 회복된 지 얼마 되지 않았고 봄추위가 여전히 싸늘하였는데도 성상이 타신 수레가 종일토록 거리에 머물렀으며 유민들이 모두 쌀과 옷을 받고 나서야 비로소 환궁하셨다.

西北饑, 流民累百人, 達于京師. 上驚曰 "此守臣不能撫摩之罪也."
亟譴勘道臣守宰, 迺親臨鐘街, 令京兆招集諸流民, 遍詢居住疾苦. 教
曰 "見爾等鶉衣鵠形, 不覺慘然. 予爲爾等父母, 使爾飢寒至此, 何安
於錦玉廈氈也? 爾等扶老挈幼, 散而之四, 或冀有樂土, 而各安厥居, 各
守厥業, 然後方可免塡於溝壑. 予方令蠲恤爾賑貸爾, 爾歸爾家, 則自
當有衣有食, 惟予在, 爾等毋恐!" 仍命度支惠局臣, 給米給襦衣, 令備
郎宣傳官護送各其地方, 付賑付糶. 又教曰 "予所見者, 不過數百人,
所謂見牛未見羊也. 此外諸道流民之安輯懷保, 責在守臣." 時聖候平
復未幾, 春寒尙嚴, 而御輦輿, 竟日通衢. 諸流民受米衣訖, 始回鑾.

—『홍재전서』권167,『일득록』7,「정사」

1790년 이북 지역에 큰 기근이 들어 유민이 발생했다. 그들이 남하해 서울까지 흘러 들어왔다. 유민의 구제를 거듭 지시한 정조는 2월 4일 종묘를 참배하고 궁궐로 돌아오는 길에 종로에 멈춰 유민 수백 명을 앞으로 오게 했다. 뒷날 이만수가 그날 있었던 사연과 어록을 위와 같이 『일득록』에 기록했다. 실록을 비롯한 각종 기록에는 이날 정조가 종로에서 굶주린 유민과 나눈 대화가 상세하게 실려 있다.

정조는 유민과 신하에게 일방적으로 지시하지 않고 유민의 상황과 처지와 의견을 청취하고 대책을 제시했다. 신하를 시켜 대리로 하지 않았다. 성난 민심을 표출하기 쉬운 유민을 무시하거나 피하지 않고 직접 대화한 자세와 마음씀이 당당한 제왕의 정도를 보여준다.

새는 빗물을 받으며

장맛비가 내려 거처하는 전각에 비가 새자 그릇으로 빗물을 받으셨다. 그때 정조 임금께서 이렇게 하교하셨다.

"옛날 어진 재상의 거처가 비바람을 가리지 못해 비가 내릴 때마다 번번이 우산을 펴고 앉아 '나는 요행히 비를 피했으나 우산이 없는 이는 무슨 수로 비에 젖는 것을 피할까!'라고 말했다고 한다. 지금까지 우스갯소리로 전해오며 물정에 어두운 사람으로 여긴다. 그러나 그가 한 말을 곰곰 생각해보면 실제로는 물정에 어두운 이야기가 아니다. 온 나라는 논외로 하고 도성 안팎만을 말하더라도 초가집이 반이 넘어 빈한한 백성과 선비 중에 여기저기에 빗물이 새지 않는 집이 거의 드물다. 지금 빗물이 새는 곳을 마주하고 보니 이 말이 지닌 마음 씀씀이가 강렬하게 다가오는구나."

바로 선전관과 한양 오부五部의 관원에게 함께 도성안의 기울고 무너진 집을 두루 살펴서 등급을 나누어 휼전(恤典, 정부에서 이재민을 구제하는 온정 있는 조처)을 시행하도록 명하셨다.

霖雨, 所御殿宇滲漏, 以器承之. 敎曰 "昔有賢宰相, 所居不蔽風雨. 每當天雨之時, 輒張傘而坐曰 '我固免矣, 無傘者何以避沾濕' 云云, 至 今傳笑, 以爲迂闊. 然細思其言, 實非迂闊之談也. 一國之中姑勿論, 雖 以都城內外言之, 草屋居半, 貧氓寒士之能免床床者, 亦幾希矣. 今對 漏處, 猛覺此言之上心也." 仍命宣傳官與五部官, 眼同遍審坊內人家 之頹壓, 分等施恤典.

—『홍재전서』 권167, 『일득록』 7, 「정사」

17 89년 여름 장마철에 국왕이 머무는 궁에도 빗물이 샜다. 장마철이 지나면 곧잘 궁궐의 비 샌 곳과 무너진 담장을 보수하곤 했다. 당시 허술한 주거생활의 실상을 알 만하다. 정조가 머문 거실에 빗물이 새자 그릇으로 빗물을 받으며 세종 때의 명신 유관(1364~1433)의 일화를 거론하였다. 유관은 정승까지 지냈으나 청렴한 인물이었다. 장마가 지자 비가 새는 집에서 우산을 들고 부인에게 "우산이 없는 집은 어떻게 견딜까?"라고 말하며 태연했다. 그러자 부인이 "우산 없는 집은 반드시 다른 준비가 있을 것"이라고 핀잔했다. 딴에는 자기는 우산이라도 있어서 낫다고 우쭐대다가 부인한테 싫은 소리를 들은 것이다.

유관의 사연을 꺼낸 정조의 속내는, 나는 그래도 견딜 만하지만 백성들은 이 장마를 견디기 힘들겠다는 것이었다. 대궐의 비가 샌다면 담당관을 바로 문책하는 것이 옳아 보인다. 하지만 정조는 우선 피해를 볼 빈한한 백성을 떠올렸다.

벼베기를 관람하다

　대궐 안에서 가꾼 벼가 익자 금원 북쪽에 있는 작은 정자로 나가 벼를 베는 모습을 관람하시며 모시던 신하들에게 이렇게 말씀하셨다.

　"벼베기를 구경하는 것은 그 자체가 운치가 있는 일이다. 그럼에도 오래 앉아 있노라면 피곤함을 느낀다. 그러니 벼를 베는 사람은 얼마나 힘들겠는가? 더욱이 여름날 땡볕에서 밭가는 일은 오죽하겠는가?"

上林稻熟, 御苑北小榭觀刈, 謂侍臣曰 "觀刈趣事也. 久坐覺疲, 況
於穫者乎, 況於夏畦乎?"

―『홍재전서』 권167, 『일득록』 7, 「정사」

17 87년 이병모가 『일득록』에 기록한 어록이다. 가볍게 던진 짧은 말이지만 여기에도 정조의 남다른 배려가 보인다. 조선 왕조에서는 곡식을 베는 광경을 국왕이 직접 관람하는 의식이 오래 시행되었다. 여름에는 보리를 베는 광경을, 가을에는 벼를 베는 광경을 구경하였다. 국왕이 직접 참여하는 이 행사는 상당한 구경거리로, 이를 '관예觀刈'라는 이름으로 불렀다. 농사를 소중히 여기고 권장하는 의미가 있어서 이 행사는 오래도록 지속되었다. 현대에 대통령이 벼베기 행사를 하는 관례도 이 전통과 무관하지 않다.

이 행사에 적극적이었던 국왕이 영조와 정조다. 정조는 특히 큰 의미를 부여하여 관예의 기회를 자주 만들어 동대문 밖 적전籍田에서도 거행하고, 창경궁 안에 있는 춘당대에서도 거행했다. 이 글이 쓰인 1787년에는 춘당대에서 벼베기를 하였는데 그때 정조는 '운치 있고 한가로운 벼베기 구경도 이렇게 피곤한데 벼를 베고 김을 매는 농부는 얼마나 힘들겠는가'라면서 농부의 힘겨움에 연민의 감정을 표현했다. 평소에도 농사에 큰 신경을 쓴 정조의 말이었기에 이 한마디 말이 지닌 무게는 결코 가볍지 않다.

이보다 앞서 정조는 음력 8월16일 증조모 숙빈 최씨의 묘소인 소령원에 참배하고서 농부 십여 명을 불러 묘소 앞의 벼를 베고 바로 타작하게 하였다. 농부들이 짝을 지어 농가를 부르며 신나게 타작하자 즐겁게 구경하고 돌아간 적이 있다. 백성의 노동과 고생에 늘 연민을 표한 것이 정조가 존경받은 이유이다.

백성이 배고프면 나도 배고프다

임금님이 기거하는 침실의 동쪽과 서쪽 벽에 재해를 입은 여러 도를 세 등급으로 나누어 고을 이름과 수령의 성명 및 세금 경감과 구휼과 관련한 각 조목을 죽 써놓았다. 한 가지 일을 할 때마다 그 위에 친히 기록하셨다. 그리고는 신하를 돌아보며 이렇게 말씀하셨다.

"백성이 배고프면 나도 배고프고 백성이 배부르면 나도 배부르다. 더구나 재해를 구하고 피해를 입은 백성을 돌보는 것은 특히 시기를 놓치지 않도록 서둘러야 한다. 이것은 백성의 목숨이 달려 있는 사안이므로 잠시라도 중단할 수 없다. 오늘 한 가지 업무를 보고 내일 또 한 가지 일을 처리한다면 곤경에 처한 우리 백성들이 편안한 자리로 옮겨갈 것이다. 그런 뒤에야 내 마음도 편안할 것이다. 학문과 사업은 원래 두 가지 길이 아니다. 진실하게 힘을 오래 쌓아서 물 뿌리고 청소하는 일에서부터 나라를 다스리고 천하를 태평하게 하는 일에 이르러야 공부의 극치를 이루었다고 할 수 있다. 사업과 학문을 막론하고 중도에 그만둬서 이전까지 일구어놓은 공까지 버려서는 안 된다."

所御寢室東西壁, 列書被災諸道分三等邑號及守宰姓名蠲恤諸條. 每行一事, 輒親錄其上. 顧謂筵臣曰 "民飢卽予飢, 民飽卽予飽. 況救災恤荒, 尤當汲汲如不及, 此是民命所關, 不可斯須間斷. 今日行一政, 明日行一事, 使吾溝壑之民, 置之袵席之上, 然後予心方安. 大抵學問事功, 元非二致. 眞積力久, 自灑掃至治平, 然後方可謂極工. 無論事功與學問, 不可中途而廢, 棄了前功."

— 『홍재전서』 권166, 『일득록』 6, 「정사」 1

17 83년 서유방徐有防이 정조가 행한 일과 말을 기록한 대목으로 『일득록』에 실려 있다. 무엇보다 인상적인 것은 재난에 처하여 문제를 해결해나가는 방식이다. 집무실의 벽 두 면에 재해를 입은 지역의 상황판을 걸어놓고 새로운 일이 발생하거나 처리했을 때마다 계속 첨가하였다. 그 일을 담당한 부서의 담당자가 해당 관아에서 처리한 것이 아니라 국왕이 집무실에서 직접 써서 문제를 해결하였다. 국정의 가장 중요한 업무는 국왕이 직접 처리하겠다는 의욕을 보임으로써 관료를 압박하고 있다. 더욱이 집무실에 상황판을 만들어놓고 표시하는 장면은 현대국가에서 국가적인 재난상황을 당하여 업무를 처리하는 방식과 너무도 흡사하다.

과연 이전에도 그와 같이 업무를 처리하는 방식이 있었을까? 분명하게 답할 수 없으나 적어도 직접 그 일을 한 국왕은 거의 없을 것이다. 상황판을 만든 정조의 문제의식도 강렬하다. 위급한 재해를 당해서는 시기를 놓치지 말고 구제해야 한다는 상황의식도 영명한 제왕의 모습이지만, "백성이 배고프면 나도 배고프고 백성이 배부르면 나도 배부르다"며 백성의 고통에 동참하고 그것을 멋진 말로 표현하였다. 정조는 정치를 멋있게 했다고 말할 수 있다.

한 해가 넘어갈 때에는

겨울 들어 연말까지 73일 동안 스물일곱 번 큰 눈이 내렸다. 세
밑 전에 큰 눈을 얻었으니 내년에는 큰 풍년이 점쳐져 속으로 기
뻤다. 매서운 추위가 아교도 꺾을 정도인데 한결같이 편안한가?
한 해가 곧 넘어가려 하니 그대가 보고 싶은 마음이 평상시보다
곱절이나 더하다. 여기서는 나날이 마음과 마음이 초가집에 누더
기를 입은 백성들에게 향한다. 그들을 품고 보호하는 방법이 그
릇되어 유랑하는 자들이 길에 이어졌다고 남쪽에서 전해오는 소
식에 귀가 소란스럽기 그지없다. 세전에 벌써 이 지경이니 세후
에는 어떨지 알 만하다. 한밤중에 책상을 앞에 두고 자주 일어나
서성대지 않을 도리가 있을까. 양남 지역에 눈이 오래도록 내리

지 않아 샘물도 말랐다고 들은 듯하다. 본읍과 영남 세 읍의 가옥이 불에 탄 이유가 여기에 있다고 하던데 전해오는 말이 정말인가? 게다가 도적이 출몰하여 광주와 용담 사이가 가장 심하다고 한다. 감영과 고을의 아전들이 이를 빙자해 마을에서 악행을 저지르기에 닭과 개까지도 편치 않을 지경이다. 게다가 도적들과 계를 만들어 폐단만 있고 이익은 없다고 한다.

入冬抵臘, 七十有三日, 得卄七番大雪, 臘前三九之白, 可占來歲之大有, 心竊自喜. 卽問栗烈之候, 可以折膠繺, 此時政履一安耶? 歲將翻矣, 瞻詠陡覺倍常. 此中日日念念, 懸懸於蔀華鶉鴣之中, 而懷保乖方, 仳離載路, 南來之說, 不勝其聒耳. 歲前已若此, 歲後尤可知, 中夜繞榻, 安得不屢起彷徨. 似聞兩南雨雪久閟, 井泉亦涸, 本邑與嶺南三邑之燒戶, 由於是云, 傳說信否? 且聞竊發之患, 在在狼藉, 光州龍潭之間最甚. 營差邑校, 藉此行惡於村閭, 至使雞犬不寧, 反與盜輩, 作契結坊, 有弊而無益云.

—서형수徐瀅修, 『명고전집明皐全集』 권10,
「삼가 백성의 일을 하문하는 어찰 뒤에 발문을 쓴다敬跋御札俯詢民事後」

17 97년 12월 말 광주목사 서형수에게 보낸 비밀편지다. 한 해
가 끝나가려 하므로 아끼는 신하에게 안부를 물었다. 정조
는 구중궁궐에 앉아 전국 각지에서 들려오는 각종 정보를 듣고서
암행어사를 파견해 듣는 공식 루트와는 달리, 특별히 가까운 신하
에게 비밀편지를 보내 지방의 실상을 파악하곤 했다.

해가 바뀌는 시기가 되자 무엇보다 앞서 초가집 누더기를 입은
백성이 떠오른다. 연말에도 이 지경이니 연초에는 더 심각해질 것
이 불을 보듯 뻔하다. 도적떼가 날뛰는 것도 괴로운데 백성들을 돌
보아야 할 아전들이 앞장서 도적떼와 결탁해 한술 더 뜬다. 먼 지
방의 가증스러운 현황을 손금 보듯 파악하고는 연민의 감정을 실
어 지방관에게 해결을 독려하고 있다. 서형수는 후세의 독자들이
이 편지를 보고서 자기 몸처럼 백성을 생각하는 정조의 마음을 느
낄 수 있으리라고 말했다. 허세를 부리지 않아도 될 비밀편지에서
조차 정조는 본분을 잃지 않았다.

3장

임금의 길

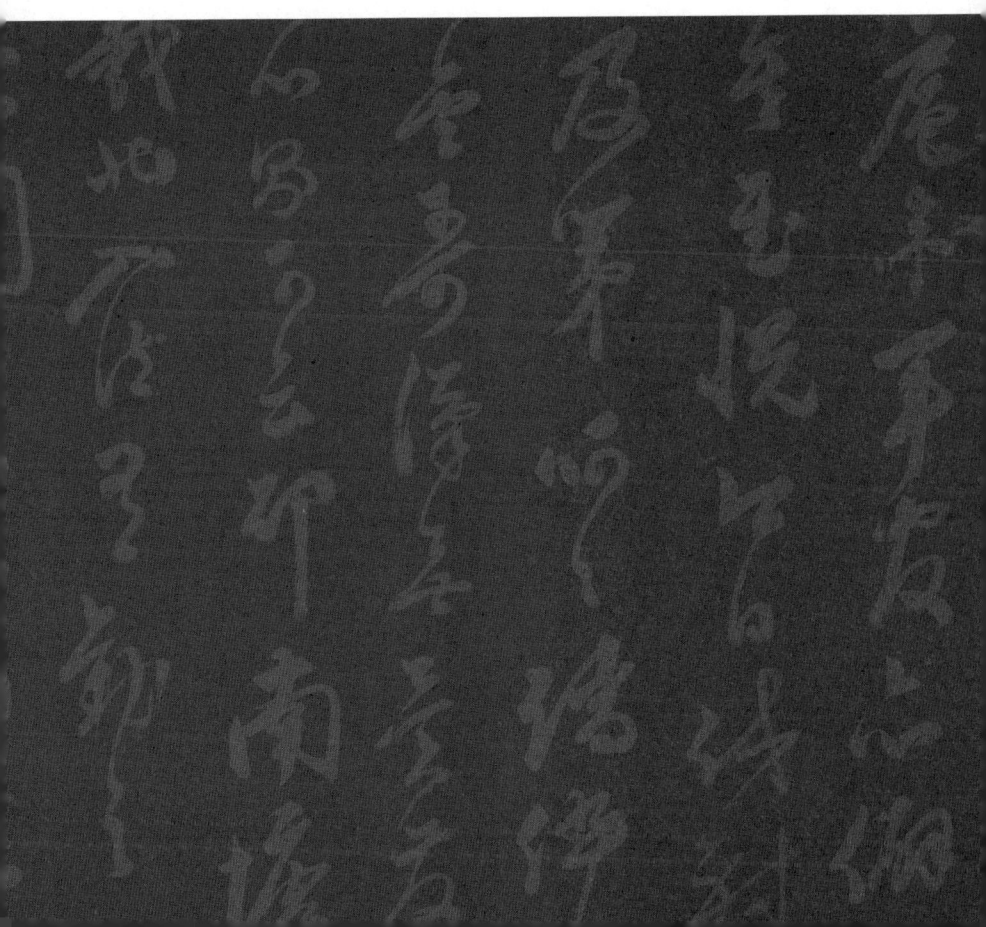

새해를 맞이하여 백성들에게

아! 내가 즉위한 지 얼마 안 되어 신하들과 협력하려는 노력이 미진했는지 면목을 일신하려는 성과가 드러나지 않았다. 풍속은 어그러져 인재가 일어나지 않고 기강은 무너져 재정이 바닥났다. 그 때문에 역적들이 거푸 발생하여 국정이 안정되지 않으니, 오늘날의 시대상을 과거와 비교해보면 어떤 때라고 하겠는가. 과인이 모자라서 큰일을 해낼 능력이 없다고 해도 그대들 많은 군자들은 감히 각각 맡은 지위와 직분을 공경히 수행하여 나 한 사람을 받들지 않으려는가!

이제 새해를 맞아 봄기운이 싹터 만물이 모두 소생한다. 하늘의 도가 육성될 철에 이르렀고 왕정이 유신維新할 때를 만났으므로 시절에 대응하여 만물을 기르는 기회가 바로 지금이다. 하늘이 따뜻한 햇볕을 만물에 불어넣고 있으니, 왕이 된 자도 어짊과 은혜로 백성들을 편안하게 하고 보호해줘야 한다. 『서경』에 백성들을 내 몸 아픈 것처럼 살피라고 했고, 또 어린 아기를 보호하듯 하라고 했다. 아픈 것처럼 살피고 어린 아기를 보호하듯 하라는 말이 어찌 빈말이겠는가? 자기가 아픈 것처럼 느끼면 그들을 편안하게 해줄 방도를 반드시 생각하고, 어린 아기를 보호하듯 하면 또 양육할 방도를 생각하는 법이다.

편안하게 하고 양육하는 방법이 있다. 맹자는 "항산恒産이 있으면 항심恒心이 있다"고 하였다. 생업을 잘 꾸려 재산을 넉넉하게 만드는 것은 물건을 베푸는 것만으로는 되지 않는다. 온 나라 안 백성이 농업에 힘쓰고 부역과 세금을 가볍게 매겨 위로는 부모를 섬기고 아래로는 처자를 부양하여 절박한 고통은 없이 편안히 삶을 영위하는 즐거움을 누린다면, 백성의 생업은 일부러 애쓰지 않아도 저절로 풍족하고 백성의 마음은 일부러 애쓰지 않아도 저절로 안정될 것이다. 다만 생업을 잘 꾸려 재산을 넉넉하게 하는 길은 나 홀로 위에서 운영할 수 없다. 진실로 국왕의 근심을 나누어 가진 신하들이 어떻게 왕명을 펼치느냐에 달려 있다.

寡人承艱大之業, 夙夜祗懼, 不遑寧處, 恐負宗社之託, 間有一二絲綸之宣示朝著, 頒諭國中者. 見者視之以循常, 聽者歸之於應文, 言愈勤而效愈邈, 菁月之化尙矣. 五年七年之治, 猶未可必, 而荏苒之頃, 已三易燧矣. 反諸身省檢自視欿然, 尙安望副四方延頸之情乎. 茲蓋寡人, 不能以至誠導俗, 實心求治也, 尙誰之咎. 於戲! 予維訪落, 期在仔肩, 而蛾述之工未篤, 豹變之美莫見, 風俗之乖而人才不興, 紀綱之隳而財用告乏, 從以逆孽層生, 國勢靡定. 以今日之時象, 方之於古, 當若何等時也. 寡人不穀, 雖不足有爲, 嗟爾凡百君子, 曷敢不各敬爾位, 職思其居, 以承予一人. 況今獻歲發春, 庶品咸蘇, 天道屆發育之節, 王政屬維新之會, 對時育物, 此其時也. 天以陽和, 煦嘘萬物, 王者亦以仁恩, 懷保小民. 書曰, 視民如傷, 又曰, 如保赤子, 曰如傷, 曰如保, 夫豈徒然哉. 如傷則必思所以安之之道, 如保則又思所以養之之道. 安與養也有道, 孟子曰, 有恒產則有恒心. 夫富其業而裕其財, 匪可以錫賚爲也, 使我匝域黔黎, 勤其農桑, 輕其徭賦, 仰事俯育, 無椎剝之苦, 有奠安之樂, 則民產不期足而自足, 民心不期定而自定矣. 然其富業裕財之道, 予不可以獨運於上, 亶係分憂之臣宣揚之如何耳.

—『홍재전서』 권30,

「새해 초에 중외의 모든 신하들에게 신칙하여 유시하는 하교歲首飭諭中外羣工敎」

정조가 즉위 3년이 되는 1778년 새해를 맞이하여 1월 1일에 반포한 교서이다. 지난 2년 동안 제대로 하지 못한 과오를 반성하고 앞으로 1년 동안 우선적으로 시행할 정책을 제시하고 각오를 다졌다. 마음가짐을 다부지게 잡고서 나라를 새롭게 바꿀 것이라고 선언하고 핵심적인 과제 하나를 제시하였는데, 백성을 편안하게 보호하는 것이었다. 구체적으로는 백성들의 생업을 부유하게 만들겠다는 것으로, 백성들에게는 피부에 다가오는 현실적 대응책이었다. 그렇다고 재물을 무작정 베푸는 것이 아니라 생업에 마음껏 종사하도록 정책을 운영하면 자연스럽게 부와 안정을 얻는다고 예상하였다.

2년 동안 국정을 수행한 이후 자신감을 갖고 백성의 부와 안녕을 새해 정책의 우선 과제로 설정한 교서를 보면 추진력 있는 지도자의 모습이 선명하게 부각된다.

무더울 때 나부터 공부한다

초계문신抄啓文臣 제도를 창설한 이후로 한겨울이나 무더위가 될 때면 공부해야 할 부분의 질문 목록을 처음부터 끝까지 조목조목 뽑아 적으셨다. 신하들을 시켜 그 대답을 집에 가서 조목조목 적어오도록 하셨다. 언젠가 한여름 찌는 듯 더운 날 주상께서 몸소 책장을 넘겨가며 하루 종일 내용을 뽑아 적고 계셨다. 누군가가 임금님께서는 병이 생길 것을 조심해야 한다는 말씀을 드렸다. 그러자 주상께서 이렇게 말씀하셨다.

"내가 초계문신 제도를 처음 시행한 뜻은 신하들의 학업을 권장하려는 데 있다. 내가 몸소 앞장서서 부지런히 공부하지 않는다면 어떻게 많은 문신들을 부지런히 배우도록 유도할 수 있겠는

가? 게다가 나는 습성이 본래 이런 일을 좋아한다. 종일토록 뽑아
서 기록해도 피곤한 줄을 모르겠다."

抄啓文臣刱設之後, 每當隆寒盛暑, 就當講之自止, 條錄問目, 使之
在家條對. 甞於盛夏熱日, 上親自閱卷, 竟日鈔錄. 或以聖人愼疾之戒
進. 上曰 "予之初置抄啓文臣者, 意在勸課. 予若不躬先勤勵, 何以董
飭諸文臣也. 且予之習性, 素喜此事, 雖終日鈔錄, 不知疲也."

―『홍재전서』 권166, 『일득록』 6, 「정사」

17 83년 한여름에 있었던 일을 서용보가 『일득록』에 기록했다. 한 나라의 국왕이 책을 펼쳐놓고 신하들에게 질문할 내용을 하나하나 뽑아서 책자에 기록하는 모습을 똑똑히 볼 수 있다. 몹시 춥거나 더워서 활동하기도 힘들고 무슨 일을 하기도 힘들 때 정조는 여유로운 시간을 만들어 차분하게 공부하는 기회로 활용하였다. 그는 몹시 더운 날 책장을 펼치며 하루 종일 질문 내용을 뽑아 책자에 적고 있는 모습을 서용보에게 보여주었다. 정조가 한 말의 핵심은 젊고 능력 있는 신하를 뽑아놓고 학문을 권장하기 위해서는 국왕이 먼저 공부하는 모습을 보여야 한다는 것이다. 그리고 약간의 너스레를 떨었다. "나는 이런 것에 취미가 있다"고. 정조는 특별하다면 특별한 군왕이다. 무더운 여름에 국왕이 즐길 거리가 없어 책이나 붓과 씨름하고 있다니! 하지만 그 점이 정조의 시대가 월등한 이유의 하나이다. 스스로 현명한 지도자라고 생각하는 분들이라면 벤치마킹할 대목이다.

더위는 견딜 만하다

하루는 날씨가 무더웠다. 임금께서 침실 남쪽 건물에 계셨는데 처마가 몹시 짧아 한낮의 해가 뜨겁게 내리쬐었다. 신이 "이 방은 협소하여 한여름에 한결 불편합니다. 따로 궁을 짓자는 요청은 윤허를 얻지 못했으나 서늘한 곳을 가려서 무더위를 피하는 것쯤은 안 될 것이 없을 듯합니다"라고 했다. 그러자 이렇게 말씀하셨다.

"지금 비좁은 이곳을 버리고 다른 서늘한 곳으로 옮기면 또 거기서도 견디지 못하고 기어코 더 서늘한 곳을 다시 생각할 것이다. 그러다 보면 만족할 때가 과연 있겠는가? 참고 견디면 바로 여기가 서늘한 곳이다. 이런 일로 미루어 보면 '만족할 줄 안다(知足]'는 두 글자가 적용되지 않을 곳은 없다. 그러나 학문에 힘쓰고 태평한 정치를 이루려는 것만은 작은 완성으로 만족해서는 안 된다. 더욱 힘써 정진하면서도 늘 부족함을 탄식하는 자세를 가져야 하리라."

一日苦熱, 上御寢室南楹, 而簷甚短, 午陽下曝. 臣奏曰 "此室狹隘, 尤妨盛夏. 有司別構之請, 雖未蒙允可, 而擇一爽塏處納涼, 恐無不可." 上曰 "今若捨此湫隘, 就彼爽塏, 又不能耐過, 必更思爽塏處, 如是而豈有知足之時乎? 果能耐過, 此便是爽塏處. 推此以廣, 則知足二字, 無處不當. 而但學問之工, 平治之道, 不可以小成謂之知足, 益勉進進而恒懷不足之歎, 斯可矣."

—『홍재전서』 권161, 『일득록』 1, 「문학」

17

83년 한여름에 정조가 한 말을 서유방이 기억했다가 『일득록』에 수록했다. 우선 임금조차도 무더위를 피하지 못하고 고생했다는 것이 잘 믿어지지 않는다. 정조는 더위를 피해 자꾸 서늘한 곳을 찾아다니다 보면 만족할 만큼 시원한 곳을 얻기는커녕 납량納涼할 곳이나 찾아 헤매는 꼴이 될 것이라며 현재의 자리에서 더위를 이기려고 했다. 지금 있는 이 장소에 만족할 줄 알고 더위를 견디는 것이 차라리 더위를 이기는 좋은 길이라고 했으니 임금이면서도 제대로 피서를 하지 못한 셈이다. 한 술 더 떠, 더 편하고 더 시원한 것에 대한 욕망을 다독여 만족할 줄 알아야 한다고 말했다.

그러나 정조의 인생관을 더 잘 보여주는 대목은 그 다음이다. 학문에 공을 들이고 태평한 정치를 이루려는 것에는 만족하는 태도를 가져서는 안 된다고 했다. 제 아무리 덥다 해도 자기가 할 일마저 팽개쳐둬서는 안 된다는 것이다. 그의 태도는 시대를 초월하여 배울 점이 있다.

날마다 일기를 쓴다

중자曾子가 날마다 세 가지로 자신을 살핀다고 한 말은 학자가 실천해야 할 가장 긴요한 공부이다. 나는 어릴 때부터 이 가르침을 가슴에 새겨두었는데 지금의 『일성록日省錄』이 바로 이런 뜻을 가지고 있다. 또 밤에는 하루 동안 행한 일을 점검하고, 한 달이 끝날 때에는 한 달간 한 일을 점검하며, 한 해가 끝날 때에는 한 해 동안 한 일을 점검한다. 이렇게 여러 해를 해오자 정사를 비롯하여 내가 행한 일에서 잘하고 잘못한 것과 편리하고 그렇지 못한 것이 마음속에 묵묵히 깨달은 것이 많다. 이것이 날마다 자신을 되돌아보는 한 가지 방법이다.

曾子日省之訓, 於學者踐履之工, 最爲切要. 予自幼時, 服膺乎斯訓, 今之『日省錄』, 卽此意也. 而又夜則點檢一日之所爲, 月終則點檢一月 之所爲, 歲終則點檢一歲之所爲, 如是者屢歲. 而於政令事爲之間, 得 失便否, 輒多默悟於心中, 此亦日省之一道也.

—『홍재전서』 권161, 『일득록』 1, 「문학」

정조가 1784년에 한 말이다. 낮에 한 일을 밤이면 기록하는 버릇을 어릴 적부터 들여놔서 국왕이 된 이후에도 놓지 않았다는 고백이다. 얼핏 보면 과장된 말처럼 들리지만 그의 말은 거짓이 아니다. 세손 시절에 신료에게 보낸 편지에서도 "요즘도 일기를 중단하지 않고 아무리 작은 일이라도 반드시 씁니다. 다만 자유롭지 못한 기밀의 위험성이 있어서 처음과 끝만을 기록하여 잊지 않는 자료로만 삼습니다"라고 고백한 것을 통해서 알 수 있다. 그가 세손 시절에 쓴 일기는 『존현각일기』이다.

이렇게 일기 쓰는 것을 생활화한 정조는 나중에 이를 아예 『일성록』이라고 하여 신하들로 하여금 기록하게 만들었다. 정조가 날마다 쓴 일기가 조선 왕조가 망할 때까지 국왕의 업무를 기록한 『일성록』의 시초가 되었다. 국왕이 처리할 일이 너무 많아 신하들이 쓰는 것으로 확대되었으나 그 뿌리는 정조가 사사로이 쓴 일기였다. 굳이 일기를 쓸 필요가 없어졌음에도 불구하고 정조는 하루도 거른 적이 없이 짤막하게나마 일기를 직접 붓으로 썼다. 자신이 한 일을 남에게 맡기지 않고 스스로 정리하는 버릇을 평생 버리지 않았다. 문예부흥기를 완성한 제왕의 남다른 모습은 일기를 쓴 생활에서 찾아볼 수 있다.

서류가 소설보다 재미있다

임금께서 조용히 요양하던 때 도제조 서명선徐命善이 아뢰었다.

"신이 어제 경연 자리에서 뵈었더니 주상의 건강이 아직 회복되지 않으셨는데도 불구하고 팔도에서 올라온 보고서를 친히 살펴보고 계셨습니다. 아무래도 몸을 보호하는 데 방해가 될까 봐 걱정입니다."

그러자 임금께서 이렇게 말씀하셨다.

"정신을 조금 차리고 보니 국사가 많이 적체되어 있었소. 그래서 부득이 친히 살펴보는 것이오. 보고서는 반드시 직접 살펴보아야 뒤에 가서 뭔가 잘못되었다는 탄식이 나오지 않소. 나는 본래 천성이 특별히 좋아하는 것이 없기는 하지만 소설 같은 것들

에는 조금도 마음이 즐겁지 않소. 오로지 때때로 보고서나 책자
를 보는데 그러면 아픈 것을 조금이라도 잊을 수 있소."

上在靜攝中, 都提擧徐命善曰 "臣昨登筵席, 玉候尙未復常, 而八路
文簿, 親自省覽, 恐有妨於保嗇之功矣." 上曰 "精神少愈, 公事多滯,
故不得不親覽矣. 大抵文簿, 必經親覽, 然後可無錯了之嘆矣. 予性素
無嗜好, 稗官叢說, 一無娛心處. 惟時看文簿或冊子, 少忘有疾矣."

—『홍재전서』 권166, 『일득록』 6, 「정사」 1

17 84년 윤행임尹行恁이 정조와 서명선 사이에 오고간 말을 기록했다. 병이 들어 쉬고 있던 중에도 팔도에서 올라온 보고서를 비롯한 온갖 공문서를 보고 있는 국왕을 보고 병이 낫기는커녕 더 심해지겠다고 신하가 걱정했다. 그러자 정조는 병들어 있는 사이에 처리해야 할 업무가 쌓여 있어서 보지 않을 수 없고, 또 공문서는 직접 살펴봐야 뒤탈이 없기 때문에 힘은 들지만 보지 않을 수 없다고 했다. 정조는 거의 일중독에 걸려 있다고 할 만큼 많은 일을 쉬지 않고 스스로 하려 했는데 이 대화 중에도 그런 모습이 그대로 노출되고 있다.

신하들이 기록한 글에서 모든 문서를 직접 처리하는 정조의 모습을 자주 엿볼 수 있다. 한여름에도 땀이 옷에 배도록 문서를 처리하는 모습을 보고 신하들이 오히려 민망해하는 장면을 연출하기도 했다. 당시에는 소설을 읽으며 여유를 즐기고 쉬기도 했기에 소설을 읽어보라고 권한 신하도 있었다. 그때도 정조는 소설은 재미도 없고 의미도 없다며 거절했다. 그런데 이번에도 소설을 읽어봤자 즐겁지 않고 자기는 보고서를 읽는 것이 더 재미있어 아픈 것을 잊을 수 있다고 했다. 지나치다고 할 정도로 일에 몰두한 정조의 모습, 이것이 그의 본색의 하나이다.

도둑도 내 백성이다

이천伊川의 고미탄 지방은 산이 빙 둘러 있고 계곡이 깊어 도망한 사람들이 미처 예상하지 못한 걱정거리를 끼칠까 염려되므로 그들을 붙잡아 조사해야 한다고 말하는 사람이 있었다. 임금님이 이렇게 하교하셨다.

"저 산골짜기에 모여 있는 백성도 내가 교화해야 할 대상에 들어 있는 사람들이다. 만약 세금과 부역을 관대하게 하여 일정한 생활 기반을 가질 수 있도록 조치한다면 감히 변란을 도모하겠는가!"

有言伊川鉆尾灘地方, 山回谷邃, 慮有逋逃不虞之患, 不可不緝察.
敎曰 "彼峽聚之氓, 亦吾化中物. 若寬其征徭, 俾有恒產, 何變之敢圖
耶?"

—『홍재전서』 권167, 『일득록』 7, 「정사」 2

윤행임이 1790년에 기록한 어록이다. 강원도 이천군에 고미탄천이란 임진강 지류가 있다. 하천폭이 좁고 물살이 빠른 험준한 협곡으로 유명하다. 가혹한 부역을 피하려는 사람들과 범법자들이 험준한 지역으로 숨어들었는데 이곳도 그런 지역의 하나였다. 사료에는 여기에 불량한 사람들이 숨어 있어 조사해야 한다는 주장이 여러 번 등장한다. 1783년 10월 29일 정조실록에는 관동 암행어사가 올린 보고서가 실려 있다. 그 가운데 "도둑 잡는 행정을 어느 땐들 준엄하게 않겠는가. 이천의 고미탄은 서북쪽에 끼어 있으면서 본래부터 소굴로 일컬어진다. 토포영討捕營과 지방관을 준엄하게 신칙(申飭, 단단히 타일러서 경계함)하여 특별히 정탐해서 기어코 간악한 무리들을 제거해야 한다"라는 내용이 있다.

이른바 우범지대의 군도群盜로 돌변할 소지가 있는 집단을 색출하여 미연에 방지하자는 것이다. 국왕이 그와 같은 대비책에 반대할 이유는 없다. 정조도 실제로는 변란을 일으킬 우려가 있는 지역과 집단에 대해 대비할 것을 주문하기도 했다. 그렇지만 그들을 무력으로 진압하는 강경책만을 동원한 것이 아니라 유연하게 회유하는 정책도 병행하였다. 고미탄에 모여 사는 우범자들에 대해 "저 산골짜기에 모여 있는 백성도 내가 교화해야 할 대상이다"라고 말한 것이 그런 취지에서 나왔다. 그들을 토벌하여 제거해야 할 대상으로 단정하기에 앞서 끌어안고 함께 살아야 할 나의 백성으로 보듬으려 하였다. 그 점이 정조의 남다른 당당한 태도였다.

07

正
祖

한밤중에 벌떡 일어나

새해 첫날에 농사를 장려하는 윤음을 몇 번이나 내렸다. 내가 왕위에 오른 뒤로 빠뜨린 적이 없었다. 그러나 농사가 해마다 잘 되지 않아 재작년에는 기근이 들고 작년에는 더 심한 기근이 들었다. 어찌 날씨가 가져온 재앙만 탓하랴? 대개 밭갈고 김매는 시기를 놓친 적이 많았고 물을 대어도 효과를 충분히 보지 못했기 때문이다. 그렇다면 이른바 윤음을 내리는 것이 형식만 갖추는데 불과하지 않은가? 형식만 갖추는 것이라면 아예 하지 않는 것이 낫다. 그래서 올해에는 하지 않으려고 하였다. 그런데 다시 생각해보니, 정성을 바쳤는데 보답받지 못하거나 감동할 일을 했는데 응하지 않는 인간사란 없다. 지방의 수령이 내 명령을 제대로 수행하지 않는 것은 내 자신이 반성할 점이다. 나는 내 정성을 다하면 된다. 더구나 올해는 지난해와는 다르지 않은가? 한밤중에 벌떡 일어나 또 이렇게 불러 쓰노니 관찰사와 수령은 명심하기 바란다.

　歲首勸農綸音, 凡幾下矣, 自予御極, 未嘗闕也. 而農比不稔, 再昨年饑, 昨年尤饑, 是奚但雨暘之爲災哉? 蓋耕耘多失其時, 灌漑未盡其利故耳. 然則所謂綸音, 不近爲文具矣乎? 知其爲文具而爲之, 不如不爲也. 今年則欲勿之焉. 旣又思之, 凡事未有誠而不格, 感而不應者, 則長吏之不用命, 亦予自反處也. 吾且盡吾誠而已矣. 況今年異於他年者乎? 中夜蹶然, 又此呼寫, 咨爾方伯守令, 其尙念之哉!

—『홍재전서』 권32, 「새해 첫머리에 농사를 권장하는 교서歲首勸農敎」

17 84년에 정조가 새해 벽두에 8도 관찰사와 지방관을 대상으로 내린 교서다. 교서의 제목처럼 농사를 장려하는 내용을 담고 있다. 그런데 이 교서는 다른 것과는 조금 다르게 국왕의 내면에서 일어나는 갈등을 밝히고 있다. 이렇게 몇 년 농사를 장려해도 연이어 기근이 발생하는 등 큰 효과를 보지 못한 것을 보면, 교서가 형식적이고 관례적인 연초의 행사일 뿐이요, 그런 형식적인 행사를 굳이 반복할 필요가 없다는 반성이다.

정조는 그렇게 판단하고서 교서를 내리지 않으려 했다. 하지만 정조는 그다운 판단을 내린다. 비록 형식적인 것일지라도 국왕이 정성껏 당부하고 격려하면 결국에는 관료들도 감동을 받아 적극적으로 나설 것이라는 판단이다. "나는 내 정성을 다할 뿐이다"라는 것은 그런 생각을 잘 보여주는 핵심적인 말이다.

나약한 국왕의 독백으로 들리는 점도 있으나 옳은 일이라고 판단하면 포기하지 않고 추진하는 태도를 보여준다. 이부자리에서 벌떡 일어나는 정조의 모습이 인상적으로 떠오른다.

암행어사를 파견하며

호서는 경기도 다음으로 서울과 가깝다. 수령들이 어질고 어리
석은지, 백성들이 괴롭고 즐거운지 아침저녁으로 소식이 서울에
이르기 때문에 어사를 파견할 일이 있겠는가? 그러나 고을이 쇠
잔하고 백성이 가난하기로는 호서 같은 곳이 없다. 게다가 기근
이 거듭 닥쳐 구휼이 이제 막 시작되었다. 혹시라도 백성을 감싸
보호할 수령이 제 역할을 하지 못한다면 가난한 시골 백성들이
시름과 원망을 누구에게 하소연하겠는가?

그리하여 내가 그대를 명하여 호서 어사로 보낸다. 그대는 지
극한 뜻을 따라 수고를 아끼지 말라! 굶주린 백성들 틈에 몸을 숨
겨 수령의 성실함과 허위를 탐지하고, 외진 마을로 몰래 들어가

백성들의 숨은 고통을 알아내라! 잘한 자를 상주고 못한 자를 벌주는 일은 거울과 저울대처럼 공평하게 시행하고, 착한 자를 표창하고 악한 자를 징계하는 일은 해와 달이 대지를 비추듯이 뚜렷하게 거행하라! 위엄을 지키되 매섭게 하지 말고 은혜를 베풀되 나약하게 하지 말라! 그리하여 호서 전체가 조정에 제대로 된 사람이 있음을 알게끔 만들라! 이 지시를 하나라도 거스르면 마땅한 형벌을 바로 내리되 수치심을 느끼게 하는 정도에 그치겠는가? 해야 할 갖가지 일들을 번거롭고 자질구레한 것은 빼놓고 다음에 적었으니 그대는 명심하도록 하라!

湖西之距京師, 亞於畿甸. 守宰之賢愚, 黎庶之苦樂, 朝夕至焉, 何用繡衣爲哉? 然惟邑殘民貧, 莫湖西若也, 而饑荒荐臻, 賙賑方始. 長吏之懷保, 或失其道, 則蔀屋之愁怨, 繄將誰告? 玆予命爾, 爲湖西御史, 爾其克遵至意, 毋憚勞苦! 或混跡於飢民之間, 而探其誠僞;或寄身於僻村之中, 而採其幽隱. 陟臧罰否, 則比鑑衡之公平;彰善癉惡, 則體日月之照臨. 威不至厲, 惠不近柔, 使湖西一路, 俾知朝廷之有人焉. 一或反是, 常憲隨之, 奚特貼羞而已哉! 合行條件, 除其煩瑣, 列之右方, 爾其銘于心!

—『홍재전서』권40,

「호서 암행어사 심환지沈煥之에게 내리는 봉서賜湖西暗行御史沈煥之封書」

정조는 자주 전국에 암행어사를 파견해 민정을 시찰하게 했다. 적지 않은 경우 정조는 직접 밀봉한 지시서를 내려 큰 틀의 행동지침과 세부적인 활동내용을 지시했다. 주도면밀한 정조의 통치행위 과정을 엿볼 수 있는 사료이다. 위에 있는 것은 1787년 봄에 심환지를 충청도 암행어사로 파견하며 지시한 사항이다.

충청도 지역은 전년 7월부터 비가 내리지 않아 기근이 발생했기 때문에 정조는 기근에 허덕이는 백성을 수령들이 잘 구휼하는지 살피고자 했다. 지시에는 서울에서 가까운 충청도 지역에 암행어사를 파견하는 동기와 목적을 밝히고, 어떻게 행동하고 무엇을 해야 하는지 대강을 적었다. 이것만으로도 암행어사가 무엇을 하는지 짐작할 만큼 요령이 있다. 이해 4월에 심환지가 보고한 구체적 활동내역과 처리사항이 실록 등에 상세하게 실려 있다. 어느 하나 빈틈없이 국정을 처리하고자 한 정조의 일면을 거듭 확인할 수 있다.

임금은 '나'를 버린다

지난번 비답에서 앞 대목은 (유성한의 상소를) 시골 사람의 처사로 돌려버렸고 뒷 대목은 한번 웃고 말 일로 치부해버렸는데 내가 일부러 이렇게 위로하는 말을 통해 사실을 뒤바꾸는 잔꾀를 썼겠는가? 인정이란 윗사람이나 아랫사람이나 차이가 없다. 남이 근거도 없고 당치도 않은 말을 잘되기를 바라서 한다며 얼토당토않게 자기에게 뒤집어씌울 때, 속으로는 불쾌한 감정을 품으면서 겉으로는 비위를 맞추어 예전처럼 허물없이 지내고 못마땅한 속내를 드러내지 않는다. 이런 사람이 과연 훌륭한 사람인가, 아니면 소인배인가? 이런 자는 옷이 더러워도 빨아 입지 않고, 얼굴에 때가 끼었어도 씻지 않아서 정이천程伊川*으로부터 본심을 꾸미는 자라고 배척당한 자와 다를 게 무언가?

　그러나 임금된 자의 도량은 그와는 반대이다. '나'라는 한 글자를 버리고, 꺼리지 않고 말하도록 문호를 넓게 열어 숨김이 없는 말을 기꺼이 받아들여야 한다. 남의 결점까지 산의 숲처럼 숨겨주고, 더러운 것까지 강과 바다처럼 받아들여야 한다. 그리하여 모든 사람들이 가슴속에 쌓아둔 것을 남김없이 털어놓을 수 있도록 만들어야 한다. 마치 강에서 떼 지어 물을 마실 때 제각기 양껏 마시도록 해주는 것처럼 말이다. 설령 그중에 극도로 맹랑하고 너무도 터무니없는 말이 있을지라도 화낼 만한 잘못은 저 사람이 저질렀으니 나와 무슨 상관이 있겠는가? 이번 일도 그와 같다. 게다가 앞 대목은 그 글을 깊이 살펴보고 싶지도 않아서 시골 사람의 처사라고 무시해버렸던 것이다. 그밖에 중요치 않은 이야기야 원근 백성들이 명백히 모른다고 한들 무슨 상관인가?

---

* 중국 북송北宋 중기의 유학자. 형 정호程顥와 함께 주돈이에게 배웠고, 형과 아울러 '이정자二程子'라 불리며 정주학程朱學의 창시자로 알려졌다. '이기이원론理氣二元論'의 철학을 수립하여 큰 업적을 남겼다.

向批中, 以上款事, 歸之於鄕闇, 下款事, 付之以可供一笑, 予豈故爲此慰藉之辭, 以效顚倒之術也. 人情上下無間, 則人以無根沒捉之說, 托以責善, 橫勒於己, 己乃內懷快快, 外示詡詡, 依舊淋漓, 不露畦畛, 則此果曰難人乎? 小人乎? 是何異於衣汙之不濯, 面垢之不頮, 程叔子斥以矯情者乎? 至於君人之度, 反於是. 捨却他一己字, 廣開不諱之門, 翕受無隱之言, 藏疾如山藪, 納汙如江海, 使人人得以盡其所蘊者. 譬若羣飮于河, 各盡其量. 設或間有極孟浪太不近理之說, 可怒在彼, 於我何有? 今番事亦然, 況上款事, 猶不欲深看於文字, 以鄕闇闊略之. 外此悠悠之談, 何患乎遠邇之不發矒也.

—『홍재전서』 권43,

「사간원이 전 정언正言 유성한柳星漢을 국문하기를 요청하는

계본에 대한 비답諫院請鞫前正言柳星漢批」

1794년(정조 18) 여름, 조정을 소란스럽게 했던 유성한의 상소문에 내린 정조의 답변이다. 그 해 4월 18일 정언 유성한은 상소문을 올려 국왕의 잘못을 지적했다. 지적은 크게 두 가지였다. 하나는 경연을 자주 열어 학문을 닦아야 한다는 것이었고, 다른 하나는 "광대가 임금의 거둥(擧動, 임금의 행차) 앞으로 가까이 가고 기생과 악공이 금원에 들어갔다"는 소문이 항간에 떠도니 국왕은 사치하지 말아야 한다는 것이었다. 국왕이 학문을 게을리하고 기생들을 가까이하며 사치를 일삼는다는 호된 비판이었다.

그런데 그 지적은 누가 봐도 정조에게는 해당되지 않는 것이었다. 특히 항간의 소문은 장교들이 한 짓이라서 사실과 달랐다. 유성한의 처벌을 놓고 수많은 상소가 올라가는 등 조정이 들끓었다. 29일 정조는 이 비답을 내려 그를 너그럽게 용서한다고 했다. 이유는, 국왕은 '나'라는 한 글자를 버려야 되는 존재라는 것이었다. 다시 말해 국왕은 평범한 한 개인으로서의 '나'가 아니다. 그러므로 맹랑하고 터무니없는 욕이 나에게 닥쳐도 받아들일 준비가 되어 있어야 한다는 것이었다. 임금의 도량은 무한히 넓어야 한다는 것을 무례하고 도에 넘친 한 관리를 포용하는 자리에서 밝히고 있다. 결국 역적으로 몰린 유성한을 정조는 끝까지 벌하지 않았다. 놀라운 인내이다.

겨울의 추위가 있으면
봄의 따뜻함도 있다

하늘이 어떻게 말을 하겠는가? 그러나 봄이면 낳고 여름이면 자라고 가을이면 거두고 겨울이면 저장하여 계절이 변화하는 자연스런 이치가 있다. 백성의 임금이 된 자도 법과 이치에 순응하고 따라야 한다. 위엄과 복록의 권세를 소유했으니 복록으로는 선행을 드러내고 위엄으로는 악행을 가려내며, 죽이고 살리는 행동을 할 수 있으니 사형으로는 악인을 죽이고 살리는 힘으로는 착한 자를 표창한다. 예전에 내가 떨쳐 일어나 매서울 때는 눈서리가 길거리를 휩쓸 듯이 했으나 지금 내가 죄를 널리 씻어 줄 때는 버드나무가 휘휘 늘어지듯 화기가 있다. 다만 제각기 시의에 합당한지를 살피면 된다. 그러므로 '하늘의 일을 군주가 대신한다'고 말들을 하는 것이다. 경의 병환을 내가 몹시 염려하고 있다. 조금 나아지면 즉시 일어나 일을 살피기를 바란다.

天何言哉? 春生夏長, 秋收冬藏, 有推斂自然之妙. 惟君於人者, 順則而循軌, 其權威福, 威福而旌別之; 其用殺活, 殺活而彰癉之. 昔我奮勵, 霜雪載塗; 今我恢蕩, 楊柳依依, 特各視其時措之適宜, 故日天工人其代之. 卿之所愼, 極用慮慮, 望須竢間, 卽起視事.

—『정조실록』, 정조 17년(1793) 4월 16일자 기사

17 93년 4월 16일 정조는 오랫동안 금고(왕조 때, 벼슬에 오르지 못하게 하던 형벌)된 수십 명의 사대부를 대대적으로 신원하고 벼슬에 임명하는 인사를 단행했다. 그 가운데는 정조의 등극을 반대하는 데 직간접으로 연루된 인사들이 적지 않았다. 수십 년 만에 빛을 보는 사람도 끼어 있었다. 정국이 안정되었다고 판단한 정조가 자신에게 등을 돌린 적대자까지 풀어준 것이다. 그러나 신하들은 그 조치를 받아들일 수 없었다. 닷새 뒤에 우의정 김이소金履素를 시작으로 많은 신하들이 상소를 올려 역적의 잔당을 등용하는 것은 옳지 않다고 주장했다.

위 글은 우의정에게 내린 답변으로서 파격적인 사면을 베푼 이유를 해명했다. 매서운 겨울의 추위가 있으면 따뜻한 봄날의 날씨도 있는 법처럼 한때는 무섭게 죄를 주어 악행을 단죄했으나 은혜를 베풀어 화기를 돋울 때가 되었다고 했다. 단죄에서 시혜를 베푸는 과정은 자연의 이치라는 것이다. 이같은 조치는 정국 운영에 대한 자신감에서 우러나왔다. 적대자까지도 포용하고자 했던 통치스타일을 잘 보여주는 역사의 장면이다.

한양의 상인에게 묻다

이번에 발매하는 곡식을 한 차례 더 지급하게 하고 상인들을 대궐문에 나오도록 하여 물어보는 것은 선왕의 유업을 이으려는 의중에서 나왔다. 백성들에게 조금이라도 보탬이 된다면 무슨 재물인들 아깝게 여기고, 무슨 일인들 하지 않겠는가? 군수물자가 애통스러운 지경인 것도 굳이 말할 필요가 없고, 나라의 경상비가 절박한 것도 돌볼 겨를이 없다. 내가 앉은 채로 밤을 새우고 식사나 휴식 중에도 편치 않은 것은 도성의 주민들이 만백성에게 차별 없이 똑같이 베푸는 혜택을 입지 못하고 혹시라도 먼 지역에만 신경을 쓰고 가까운 도성은 소홀하게 여기는 불이익을 당하지 않을까 염려해서다. 어제 전교傳敎를 내려 골목골목마다 일일이 설명하여 모두들 제자리에서 생계를 도모하도록 하라고 했는데 백성들은 틀림없이 들었을 것이다. 전황(錢荒,돈이 잘 돌지 않아서 매우 귀해지는 일)은 어떻게 해결해야 하고, 물가는 어떻게 공평하게 하며, 금전을 대부하는 정책은 어떤 것이 편리하고, 세금을 걷고 혜택을 베푸는 기술은 어떤 길이 적당하겠는가? 조금이라도 하고 싶은 말을 주저하지 말고 숨김없이 모두 말하도록 하라.

　　而今番發賣穀之加給一巡, 貢市人之臨門俯詢, 亦出繼述之念. 苟益於民, 何財之足惜, 何事之不措? 軍需之哀痛, 不須說也, 邦用之窘迫, 不暇顧也. 凡予之坐而待朝, 食息靡寧者, 只爲都民之未蒙一視之惠, 而或不免於鶩遠忽近之歸. 昨日傳敎, 使之曉諭坊曲, 各奠厥居, 爾等想必承聆. 而錢荒則何以救之, 物價則何以平之, 假貸之政, 何者爲便, 斂敷之術, 何道爲得? 罔或自阻, 悉陳毋隱.

―『정조실록』, 정조 8년(1784) 3월 20일자 기사

정조 8년(1784년) 3월 20일 창덕궁의 선정문에 나가 한양의 상인들을 들어오라 하여 그들과 의견을 주고받았다. 전국을 휩쓴 심각한 흉년에 대비한다고 지방만을 신경 쓰다가 혹시라도 한양의 주민과 상인에게 소홀할까 봐 걱정하며 상인들과 대화의 시간을 가졌다.

현대의 방식으로 이해한다면 대통령이 기업이나 상업에 종사하는 사람들과 토론 모임을 가진 것이다. 이 자리는 상인들에게 국왕이 할 말만을 늘어놓고 대충 몇 마디 듣고 만 형식적인 대화의 자리가 아니었다. 실록에는 상당히 긴 분량을 써서 상인들의 제안과 요구사항을 나열했다. 그에 대해 정조가 즉시 받아들여 시행을 약속하기도 했고, 담당 관료에게 당장 조치하고 사후에 보고하라고 지시하기도 했다. 백성과 직접 대화하고자 노력하고, 형식에만 매이지 않고 실제로 백성의 의중을 들으려 애쓴 모습이 인상적이다.

민심은 무형의 성이다

성城이란 옛 사람들이 갑작스런 난리에 대비하려는 목적에서 쌓은 것이다. 그러나 민심을 껴안는 것은 무형無形의 성이고 성을 높이 쌓는 것은 유형有形의 성이다. 3천 명이 한마음이었기에 주나라 무왕武王은 성을 쌓아 흥했고, 장성長城을 만 리나 쌓아 난을 대비했으나 진시황은 그 때문에 망했다. 명철한 제왕들이 하나같이 무형의 성을 앞세우고 유형의 성을 뒤로 돌린 진정한 이유가 바로 여기에 있다. 당나라 덕종德宗이 술사術士의 말을 듣고 봉천성奉天城을 쌓았다. 만약 덕종의 군신君臣 상하가 마음과 힘을 하나로 합치고 무기를 정비했더라면 결코 누구에게도 무너지지 않을 힘을 가졌을 것이다. 설령 술사의 말처럼 궁궐을 떠날 액운이 생긴다 해도 전화위복의 기회가 되었으리라. 더구나 그자의 말은 황당하여 믿을 수 없는 것 아니었던가? 덕종이 초년에는 정치를 잘해볼 만한 점이 있었다. 그때 먼저 무형의 성을 쌓는 데 힘써서 천하를 참호로 삼고 만백성을 망루로 삼았어야 했다. 하지만 그렇게 하기는커녕 도리어 술사를 믿고서 군사와 백성을 동원하여 단지 유형의 성만을 튼튼하게 쌓는 대책만 강구했다. 그 이유가 무엇인가?

城者, 古人所以築斯待暴之意. 然拱以衆心, 無形之城也, 屹彼崇墉, 有形之城也. 故三千同心, 周武所以築斯而興, 萬里延袤, 秦皇所以待暴而亡. 則聖帝明王, 未嘗不先無形而後有形者, 亶在是矣. 德宗因術士之言, 築奉天之城. 若使德宗之君臣上下, 一乃心力, 敎乃甲冑, 其所以維持而捍衛之者, 確乎有不拔之勢. 則藉有術家離宮之厄, 亦當轉災爲祥, 況其言荒唐不可信者耶! 德宗之初年政治, 蔚有可觀, 則固宜先務於無形之城, 四海以爲壕塹, 萬民以爲樓櫓. 而不此之爲, 乃反信術士而費軍民, 只築有形之城, 而區區於五里七里之間者何歟?

— 『홍재전서』 권118, 『경사강의經史講義』55, 「강목綱目」9

정조는 신하들과 더불어 경전과 역사를 토론했다. 1791년에는 성균관의 젊은 선비들에게 695개의 역사에 관한 질문을 내주었다. 그 가운데 당나라 덕종이 780년에 술사 상도무桑道茂의 말을 듣고 성곽을 개축한 일을 질문한 내용이 있다. 덕종은 술사의 말을 듣고 성을 개축했으나 그로부터 3년 뒤 반란이 발생했다. 성을 개축했으나 난을 막지 못했다.

이 역사를 해석하며 정조는 성곽을 견고하게 쌓는 것보다 더 중요한 것은 민심을 얻는 것이라는 교훈을 찾아내고, 유형의 성을 쌓으려 애쓰지 말고 무형의 성을 쌓아야 한다고 생각했다. 민심의 단합이 견고한 성보다 더 강한 힘을 발휘한다는 사실을 정조는 믿었다. 고금의 역사에서 유형의 성을 쌓기에 분주하다가 무형의 성을 무너뜨리는 일을 어렵지 않게 목도한다. 역사상 실패를 거듭 반복하는 안타까운 장면은 지금도 계속된다.

한 해가 저물다

正
祖

올해도 벌써 저물었다. 공과 과를 따져보아야 한다는 옛 사람의 말이 생각나 내가 방금 한 해 전체를 결산해보았다. 말할 만한 공은 하나도 없는 반면, 정사와 조치에서 과오로 봐야 할 일 아닌 것이 없었다. 거백옥蘧伯玉은 나이 오십에 49년 인생의 잘못을 깨달았다고 했다. 이는 49세를 마감하는 섣달 그믐날 때가 돼서야 전날의 잘못을 알았다는 말이 아니고, 자기 마음속으로 점검했을 때 혼자서 깨달은 묘한 대목이 꼭 있었다는 말이리라. 그런데 나는 퍼뜩 깨닫는 것이 아직도 없으니 왜 안타깝지 않겠는가?

금년 봄과 여름 사이에 날씨가 평년과 아주 달라 한바탕 큰 액운이 되었다. 지금 와서 다시 생각해보아도 여전히 몸이 덜덜 떨

린다. 또 여름철에는 모진 가뭄 때문에 숱한 애를 태웠다. 다행히
도 하늘이 보살핀 덕택으로 한 해 농사가 조금 풍년이 들었다. 그
러나 겨울철에는 날씨가 너무 따뜻하고 심하게 이상했기 때문에
10월에는 다른 재이災異가 일어나지 않을까 하여 감히 마음을 놓
지 못했다. 천둥치고 번개치는 이변이 그만 며칠 전에 일어났는
데 이는 분명히 이 마음이 풀어져서 그렇게 되었으리라.

　이조에서 관리들의 근무 성적을 평가하는 것처럼 해마다 나 자
신을 점검하지만 세월만 덧없이 가고 효과는 까마득히 거두지 못
한다. 잘한 일이 한두 가지가 있다고 해도 결국은 공이 과오를 가
리지 못한다. 생각이 여기에 미치자 두렵고 떨리면서 겸연쩍은
생각이 왜 들지 않겠는가?

今歲已暮矣. 古人有計功計過之語, 予今通歲而計之, 則計功邊無一可言, 而政令事爲之間, 無往而非可計之過矣. 蘧伯玉行年五十, 而知四十九年之非, 未必於四十九歲之除夕, 始知其前日之非. 而蓋其內自點檢之際, 必有獨覺之妙. 予則尙未有脫然覺悟處, 豈不悶然乎? 大抵今春夏間乖氣, 便一劫運, 至今追思, 尙切懍然. 而又因夏間之亢旱, 積費心慮, 賴天之靈, 幸得年事之稍登矣. 冬候之過溫, 又甚乖常, 故十月一朔又恐其或有災異, 而勞心以度矣. 轟燁之異, 乃發於日前, 此必因此心之放過而然矣. 年年點檢, 殆若吏部之考功, 而歲月荏苒, 功效漠然. 設或有一能一善, 而畢竟功不能掩過. 言念及此, 豈不瞿然懍然而繼之以歉然乎?

—『정조실록』, 정조 23년(1799) 12월 25일자 기사

재위 23년인 1799년 한 해가 저물어 가는 12월 여러 신하들 앞에서 정조는 지난 한 해를 회고하면서 자책의 말을 내뱉았다. 가라앉은 목소리로 자신이 행한 수많은 정사와 조치 가운데 공은 거의 없고 과오만 많다고 평가하였다. 그가 이렇게 자신을 책망한 계기는 한 해를 넘기면 50세가 되고, 50세를 목전에 두고 잘못 살아온 인생을 반성한다는 오래된 고사를 떠올렸기 때문이다.

정조는 해를 넘길 때마다 이렇게 한 해의 공과를 따져보았는데 올해도 잘한 일이 별로 없다고 대신들 앞에서 자책하였다. 그러면서 두려움에 떨고 겸연쩍어했다. 현대의 정치가들도 자신을 고과하되, 정조와는 반대다. 한 해 동안 열심히 활동한 결과 잘한 것이 너무 많은 반면, 잘못한 것은 눈을 씻고 봐도 없다. 다른 정치가들이 과오투성이인 것과는 전혀 다르다.

두렵고 겸연쩍기는커녕 남이 알아주지 않는 것이 불만이다. 어쩌면 그렇게 다른지 그 이유를 모르겠다.

4장

인재에 대하여

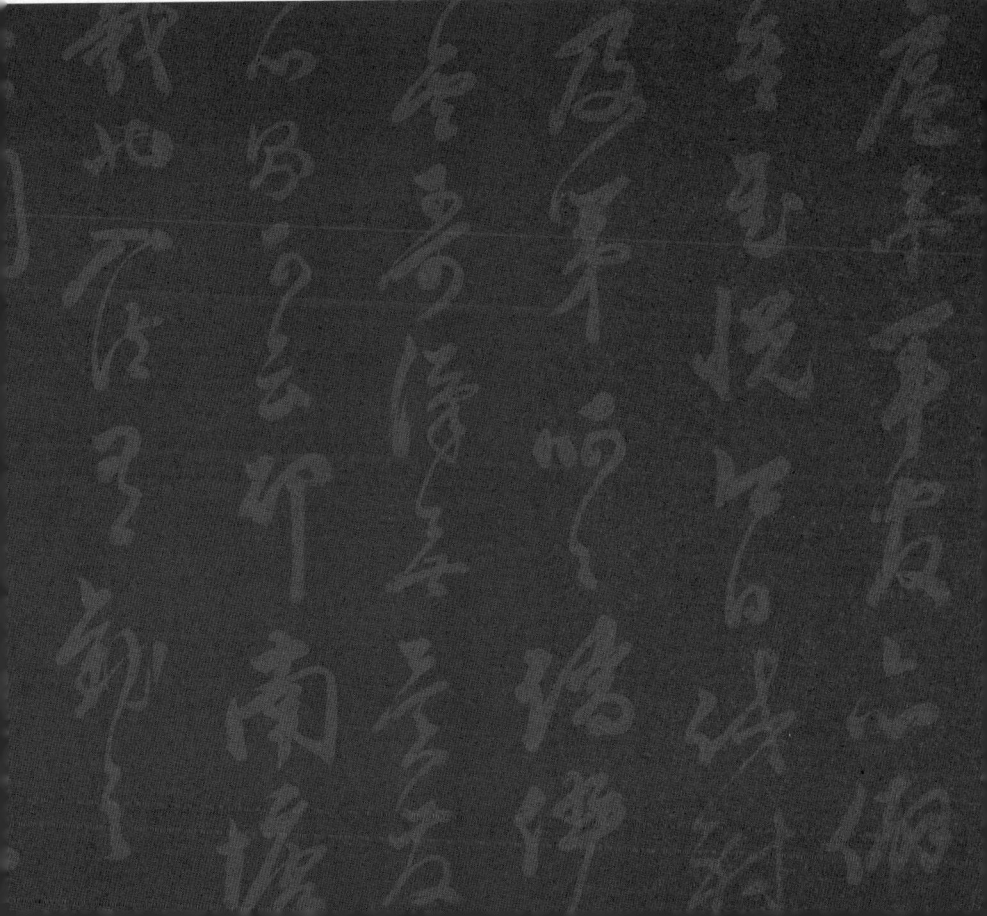

새로워야 눈이 번쩍 뜨인다

　나라에 학문을 담당하는 기구가 세 개나 설치되어 있다. 그 기구에 소속된 관료를 쓰고 직책을 맡기면 직무를 수행하지 못할 까닭이 없으므로 새로운 직책을 만들 필요가 없을 것이다. 그럼에도 불구하고 굳이 새로 기구를 설치하려고 하는 내 의지에 어찌 합당한 이유가 없겠는가?

　보통 수준 이하의 사람 중 영예와 이름에 기운이 나지 않는 사람은 드물다. 사람이란 낡은 것에는 무덤덤하고 새것이라야 귀가 솔깃하고 눈이 번쩍 뜨이는 법이다. 그래서 새로운 관직을 만들고 인선에 최선을 기하여 나라와 사람 모두가 이 사람이라야 이 자리에 적임자라고 인정해야 한다. 그래야만 행실을 장려하고 예술을 진흥시키는 길에 보탬이 되리라. 이것이 내 생각이다. 따라서 관직을 설치한 이래로 그 자리에 뽑힌 자가 그다지 많지 않았는데 그만큼 선발을 신중하게 했기 때문이다. 그러나 뽑힌 사람이라고 해서 과연 모두가 뽑히기에 부끄러움이 없는 사람인지 사람의 눈을 번쩍 뜨이게 할 인물인지 모르겠다. 백성의 눈을 번쩍 뜨이게 할 점이 없다면 틀림없이 비아냥거림과 비판이 뒤따를 것이다. 그것이 또 내가 몹시 두려워하는 일이다.

三館之官備矣, 仍其人而任其職, 職亦可以無曠, 宜無事乎枌. 然而必枌者, 予意豈徒然哉? 中人以下, 鮮不爲榮名勸. 而人之耳目, 恒狃於故而聳於新, 新其官而極其選, 使國人皆曰是人也而後, 居是官, 其於勵名檢·興藝術, 或不爲無補, 此予意也. 故置官以來, 與選者無多, 蓋難之也. 然其與選者, 果皆不愧其選否, 能聳勸人否? 苟無以聳勸人, 則必嘲刺以隨之, 此又予所甚懼也.

—『홍재전서』 권8, 「내각학사제명기인內閣學士題名記引」

정조가 규장각 관원을 역임한 관료의 이름을 책 한 권으로 정리하게 한 다음 대제학을 역임한 각신에게 서문을 쓰도록 하고서 자신도 서문을 한 편 썼다. 왜 규장각을 새로 설치하고 유독 인선에 신경을 쓰는지 그 이유를 밝혔는데, 정조가 행한 통치술의 한 단면이 잘 드러난다. 규장각은 정조가 국왕의 자리에 오르면서 새로 만든 관청이다.

왜 굳이 새로 만들었을까? 인간이란 "낡은 것에는 무덤덤하고 새것이라야 귀가 솔깃하고 눈이 번쩍 뜨인다"는 심리를 가졌기 때문이라고 단언했다. 그런 심리를 이해할 때 관료와 백성의 귀를 솔깃하게 하고 눈을 번쩍 뜨이게 만드는 일종의 충격이 필요하다. 충격을 주기 위해서는 기존의 제도와는 다른 새로운 직제를 창설하고 그 직제를 맡을 인재의 인선을 잘해야 한다. 그 인재는 나라 사람 모두가 인정하는 최상의 적임자라야 나라 전체의 분위기를 바꿀 수 있다. 국왕이 되어 나라 전체를 새로운 분위기로 만들어보려고 노력한 고심을 읽을 수 있다. 이런 고심은 어느 집단의 지도자라도 한 번쯤 고려해봐야 할 것이다.

세상에 버릴 인재란 없다

군주가 인재를 쓰고자 할 땐 제 아무리 작은 재간을 가졌어도 버려도 좋을 만한 사람은 없다. 흠결이 있는 큰 인물과 장점이 있는 작은 인물까지 다 거두고 끌어안아, 포용하고 양성하는 나의 무리 속으로 들어가도록 해야 한다. 누군들 버리고, 누군들 쓰지 못하겠는가? 그러나 가르쳐도 따르지 않고 이끌어도 따르지 않는다면, 그때에는 죄를 묻고 물리치며 섬으로 변방으로 귀양을 보낸다. 이들이 개과천선하면 다시 기용하고 그렇지 못하면 그만이다. 그중에서 어둡고 완고하여 개과천선할 줄 모르는 자나 화내고 원망하며 개과천선하려 하지 않는 자가 있다면 나라를 어지럽히고 해치는 신하이므로 만물을 살리는 천지와 같은 어진 임금이라도 용서할 수 없다. 죽이고 없애도 아까울 것이 없다.

大抵人君用人, 雖斗筲之才, 元無可棄之人. 尺朽寸長, 猶當俱收竝蓄, 使得備於涵容陶鑄之列, 則何人之可棄, 何才之不可用哉? 如有敎之而不率, 導之而不我從, 則於是罪之斥之, 瘴癘之魑魅之, 能變則復用, 不能變則已之. 其或冥頑而不知變, 怨懟而不欲變, 則是亂臣也賊臣也, 雖天地好生之仁, 不得以貸之, 則誅之殛之, 無惜也.

—『홍재전서』 권133,『고식』 5,「주자대전朱子大全」 4

17 94년 주자의 글을 놓고 김계온과 질의응답하던 자리에서
한 말이다. 김계온이 백성들로부터 재물을 함부로 거두는
관료가 조정에 발을 들여놓게 해서는 안 된다는 취지로 말하자 정
조는 동조하지 않았다. 그런 자들을 옹호하고 싶은 생각이 있어서
가 아니었다. 그런 나쁜 행동을 한 자라도 능력이 있고 생각을 바
꾼다면 다시 기회를 주는 것이 합당하다는 생각이었다. 실제로는
김계온의 의견이 더 설득력이 있어 보인다. 그런데도 정조는, 군주
에겐 버려도 좋을 만한 인재는 없다는 큰 원칙을 제시하고 흠결이
있는 인물이라도 국가에 기여할 재능이 있다면 내치지 않고 과오
를 고쳐 다시 기용하겠다고 밝혔다. 그런 기회를 주었음에도 과오
를 고치지 못한다면, 그때는 단계별로 내치거나 귀양을 보내거나
단호하게 죽여 없애겠다고 했다.

인재를 다루는 문제를 놓고 둘 사이에 벌어진 의견 대립은 지금
도 여전히 반복되는 충돌이다. 그렇다면 정조의 의견이 실제 정치
에도 적용되었을까? 현실에서도 그는 자신의 원칙을 지키고자 했
다. 흠결 있는 인물을 포함해 자신의 시책에 반대하는 사람까지 포
용하려고 애썼다.

수많은 신하를 겪어보니

03

正
祖

 나는 겪어본 사람이 아주 많다. 아침에 들어와서 저녁에 나가고, 무리를 지어 서로를 쫓아다니며 저리 갔다가 이리 온다. 생김새가 얼굴빛과 다르고 눈빛이 마음과 틀리다. 트인 자와 막힌 자, 강한 자와 부드러운 자, 바보와 멍청이, 속이 좁은 자와 얇은 자, 용감한 자와 겁쟁이, 현인과 교활한 자, 뜻만 높은 자와 고집만 센 자, 모난 자와 원만한 자, 활달하여 트인 자와 무게가 있는 자, 말을 아끼는 자와 말재간이 좋은 자, 엄하고 드센 자와 멀리 밖으로 도는 자, 명예를 좋아하는 자와 실질을 힘쓰는 자 등등 유형과 부류를 나누면 종류가 천 가지 백 가지이리라.

 처음에 나는 내 마음대로 추정도 해보고, 내 뜻대로 믿어도 보왔다. 재능을 시험해보기도 하고, 일을 맡겨 단련도 시켰다. 들쑤시고 진작시켜 보았으며, 바른 길로 이끌고 굽은 자를 교정하여 바로잡아 보았다. 마치 맹주盟主가 규장珪璋으로 제후를 통솔하듯 했으나 그들을 상대하여 올리고 내리는 절차에 지쳐버린 지 벌써 20여 년이다.

근래 들어 다행히도 태극, 음양, 오행의 이치를 깨달았고, 또 사람은 각자가 생겨먹은 대로 써야 한다는 이치도 터득했다. 그래서 대들보감은 대들보로 기둥감은 기둥으로 쓰고, 오리는 오리대로 학은 학대로 살게 하여 인물을 인물의 성질대로 내버려두고 인물에 맞춰 대응한다. 그리하여 단점은 버리고 장점만을 취하며, 착한 점은 드러내고 나쁜 점은 숨겨주며, 잘한 일은 안착시키고 못한 일은 뒤로 물러나게 하며, 국량이 큰 자는 나오게 하고 좁은 자는 포용하며, 무언가를 하려는 의지를 높게 치고 능력을 뒤로 돌렸다. 양쪽 극단을 다 고려하여 중도를 취했다. 아홉 개 하늘의 문이 열리듯 훤하게 앞이 트여 누구라도 머리만 들면 시원스레 볼 수 있도록 만들었다.

予之所閱人者多矣. 朝而入, 暮而出, 羣羣逐逐, 若去若來, 形與色異, 目與心殊. 通者塞者, 强者柔者, 癡者愚者, 狹者淺者, 勇者怯者, 明者點者, 狂者狷者, 方者圓者, 疏以達者, 簡以重者, 訒於言者, 巧於給者, 峭而亢者, 遠而外者, 好名者, 務實者, 區分類別, 千百其種. 始予推之以吾心, 信之以吾意, 指顧於風雲之際, 陶鎔於爐鞴之中, 倡以起之, 振以作之, 規以正之, 矯以錯之, 匡之直之. 有若盟主珪璋以會諸侯, 而疲於應酬登降之節者, 且二十有餘年耳. 近幸悟契於太極陰陽五行之理, 而又有貫穿於人其人之術, 莛楹備於用, 鳧鶴遂其生, 物各付物, 物來順應. 而於是乎棄其短而取其長, 揚其善而庇其惡, 宅其臧而殿其否, 進其大而容其小, 尙其志而後其藝, 執其兩端而用其中焉. 天開九閽, 廓如豁如, 使人人者皆有以仰首而快覩.

—『홍재전서』권10,「만천명월 주인옹 자서萬川明月主人翁自序」

17

98년 12월 3일 정조가 쓴 '만천명월 주인옹 자서'의 앞 대목
이다. 정조는 이 무렵 만천명월 주인옹이란 거창한 의미를
지닌 호를 새로 짓고, 호를 새로 만든 동기와 정치를 보는 시각을 밝
혔다. 그의 정치철학을 요약하여 보여주는 중요한 의미를 지닌 글
이다. 그의 철학은 이 뒤에 이어질 긴 글에 자세하게 밝혀져 있다.

이 글은 첫 대목부터 무게를 지닌다. 국왕 앞에서 명멸하는 수많
은 신하들을 프리즘으로 굴절시켜 유형화하고 그들을 냉정하게 분
석한다. 용모와 말의 외면으로 신료를 판단하기보다는 그들의 속
마음과 야망, 식견과 포부의 내면으로 파고들어 판단한다. 그들의
허물까지도 포용하여 임무를 맡겨왔으나 실은 불만이 너무도 많았
고 이제는 지쳐버렸다고 했다. 그러면서도 끝내 모든 신하를 포용
하겠다는 의지를 거듭 밝힌다. 통치자의 고뇌를 담은 이 발언은 수
많은 인재를 판단하고, 배치하고, 통솔하는 직위에 있는 이들이 되
새겨보아야 할 내용이다.

돌려막기

正
祖

　사람은 오른쪽 눈과 귀가 왼쪽 것보다 밝지 못한데 이는 하늘의 서북쪽 방향이 충실하지 못하기 때문이고, 왼쪽 손과 발이 오른쪽 것보다 강하지 못한데 이는 땅의 동남쪽이 가득 채워지지 못하기 때문이다. 따라서 재정을 관장하는 사람이 군대 일까지 밝을 필요는 없고, 인재의 전형을 맡은 사람이 법무에까지 밝을 필요는 없다. 그런데 지금 육부六部의 장관은 아침저녁으로 번갈아 자리를 옮기며 이 일 저 일을 맡고 있다. 이야말로 온 세상일을 모두 잘하는 재사로서 쓰지 못할 곳이 없는 사람이라는 것이니 이런 이치가 어디에 있으랴. 또 세상에서는 전형을 중히 여기고 법무를 가볍게 여기지만 나는 직급에 따라 순차적으로 올려서 적재적소에 인재를 배치하면 모두 소임을 잘하리라고 본다. 백성들의 화복과 고락은 전적으로 법관이 잘하느냐 잘못하느냐에 달려 있으므로 가장 신중히 인선해야 할 자리로 법관만한 것이 없다. 그래서 법관을 임명하는 것이 어렵지만 신중히 하지 않은 적이 없다.

人之右耳目不如左明者, 是天不足西北也. 左手足不如右强者, 是地不滿東南也. 故掌財賦者不必曉甲兵, 任銓衡者不必明刑獄, 而今之六部長, 朝夕周遷, 左右兜攬, 是擧世皆通才適用, 安有是理? 且俗習重銓衡而輕刑獄, 予則曰循資序陞, 抽黃配白, 人皆能了. 至若民生休戚苦樂, 專係刑官之臧否, 官職中最可選遴者, 莫刑官若也. 故除刑官, 未嘗不難愼矣.

—『홍재전서』 권172, 『일득록』 12, 「인물」

17 88년에 한 말로, 윤행임이 기억했다가 『일득록』에 기록했다. 관료를 임명하는 문제에 관한 생각의 일단을 드러냈다. 정조는 모든 일을 다 잘하는 인간은 근본적으로 있을 수 없다고 전제했다. 국가가 필요로 하는 인재도 마찬가지다. 재정에 뛰어난 능력을 지닌 사람이라면 굳이 국방이나 법무와 관련한 방면까지 능력을 발휘할 필요가 없다. 그럴 수도 없다.

그러나 현실은 장관조차 몇몇 사람이 번갈아가면서 맡았다. 하지만 국왕이 시정하면 될 일을 왜 굳이 이렇게 불만스럽게 말하는지 의문을 갖지 않을 수 없다. 그로서도 어쩔 도리가 없었는지 모른다. 조선은 주요 직책을 수십 명이 이 자리 저 자리 옮겨가며 섭렵하는 관료임용의 제도를 패망하는 날까지 버리지 못했다. 관료는 모두가 팔방미인이었고, 한 자리에 오래 머물지도 않았다. 어떤 직책은 하루에도 두세 번씩 갈고 며칠 만에 두세 번씩 교체하기도 했다. 그나마 사정이 좋았던 정조 시대에도 돌려막기는 피하지 못했다. 그러면서 늘 인재의 부족을 한탄했다.

인재는 차이가 없다

인재가 서울과 지방의 차이가 있겠는가? 하지만 근래 관리 임
용자가 모두 서울에서만 나오고 먼 지방 사람은 백에 하나도 거론
되지 않는다. 이 어찌 차별하지 않고 인재를 등용하는 도리이겠는
가? 열 집이 사는 고을에도 충신忠信 한 사람이 있는 법이니, 멀고
외딴 시골 선비들이 재주를 품은 채 헛되이 늙어가는 처지를 탄식
하지 않겠는가? 게다가 영남은 인재가 많이 배출된 지역이다. 근
래 등용에 더욱 신경을 써서 호남과 함께 골라 뽑아 높은 지위로
발탁하기도 하고 장려하기도 하자 모든 지역 인재가 관료로 진출
하는 좋은 일이 생겼다. 다만 전형을 맡은 자들이 이런 뜻을 체득
하지 못하고 한 번 주의注擬한 뒤에는 계속 등용하는 일이 없어 서

울 사람과는 차이가 있다. 이것이 모든 사람을 한결같이 대하는
조정의 도리이겠는가?

人才何間於京鄕, 而近來銓注, 皆出京華, 至於遐方, 則百不擧一, 此
豈立賢無方之道哉? 十室之邑, 亦有忠信, 鄕曲遐外之士, 亦豈無抱才
虛老之歎乎? 況嶺南尤是人才之冀北也, 近來加意收用, 竝與湖南而甄
拔, 或陞擢之, 或奬詡之, 庶有咸造之美. 而但在銓衡者, 莫體此意, 一
番注擬之後, 更無繼用之實, 與京洛之人有異, 此豈朝家一視之道哉?

—『홍재전서』 권168, 『일득록』 8, 「정사」

17 92년 서영보가 정조의 말을 기록하여 『일득록』에 수록했다. 전국 각지에서 필요한 인재를 차별하지 말고 뽑아야 한다는 원칙을 밝혔다. 굳이 언급할 필요조차 없는 당연한 말이다. 그러나 현실은 전혀 그렇지 않았다. 조선 후기에는 정치·사회·문화의 모든 권력이 서울과 그 주변지역에 집중되었다. 관료의 자리는 일부 소수집단에 독점되었고 모양새를 갖추기 위해 일부 지역과 당파와 집안에게 나눠주었을 뿐이다.

정조의 시대에도 똑같았다. 정조는 입현무방立賢無方의 논리를 내세워 시정을 명했으나 인사 담당자는 시늉만 하고 바로 원상태로 돌아갔다. 국왕조차 어쩌지 못할 만큼 심각한 상황이었다. 결국 극도의 폐쇄적인 인재풀(Pool)은 국력의 쇠퇴를 촉진한 결정적 원인 중 하나가 되었다. 현재의 우리 사회는 그에 비하면 사정이 다소 낫다. 그러나 안심할 단계는 아니다. 어느 분야 따질 것 없이 특정 지역, 집단, 직업으로 인재풀이 좁아지는 현상이 가속하고 있다. 유연하지 못한 경색된 사회가 도래할 위험에 노출되어 있다. 정조의 어록을 보면 우리 사회의 고질적 문제가 더 부각된다.

답안지를 천천히 받아라

대신들이 여러 조목으로 과거 제도의 폐단을 많이 말하였는데 참으로 정확하다. 그러나 빨리 제출하는 제도를 그대로 둔다면 그 밖의 여러 폐단은 모두 자동으로 딸려오게 마련이다. 지금 빨리 제출하는 것을 금지시키자면 먼저 빨리 짓는 폐습부터 바로잡는 것이 가장 손쉽다. 대체로 문체는 세도世道와 관련된다. 치세의 음악은 평탄하고 완만하며 난세의 음악은 조급하고 빠르다. 요즈음 과거시험 답안은 평탄하고 완만한가, 아니면 조급하고 빠른가? 이전에는 밥을 몇 번 지을 동안에 첫번째 답안을 바쳤으나 지금은 물 한 사발 마실 시간에 바친다. 어느 겨를에 수정하고 윤색하는 데 힘을 쓰겠는가? 나라에 기강이 있다면 방자한 버릇을 마냥 방치하고 금하지 않아서야 되겠는가?

올가을 대비과大比科*부터는 답안을 제일 먼저 바치는 시한을 헤아려서 정하고 선비들로 하여금 바뀌지 않을 제도임을 확고하게 주지시키겠다. 그리하면 이른바 쓸 만한 실력 있는 인재가 제 뜻대로 합격할 것이다. 빨리 바치는 것을 금하고 늦게 거두려고 애쓰지 않는 방법에 비하면 이처럼 좋고 나쁜 차이가 현격하리라. 그런데 선비들이 법령을 믿지 못하고 시권試券을 끼고서 시험장의 주위를 벗어나 담장 아래 모여 있다가 시한이 되기를 기다린다면 법령을 선비들 스스로가 범한 것이다. 그들을 가려서 올리고 내치는 차별을 두지 않을 수 있겠는가?

---

*조선시대에 실시된 과거제도의 하나. 1603년(선조 36년)에 처음으로 두어 3년에 한 번씩 실시했던 식년시式年試임.

大臣之盛陳諸條科弊, 固的確, 而早呈如自如, 則諸弊皆屬附庸. 今欲禁其早呈, 先從速作之謬習而捄正, 爲最似易行. 大抵文體, 關世道, 治音, 舒而緩, 亂聲, 噍而殺, 近來功令之作, 舒乎否? 緩乎否? 前之數炊頃先呈, 今爲一吸之隙, 何遑致力於點洗潤色乎? 有國有紀綱, 寧或一委其放倒莫可禁? 自今秋大比, 量定先呈之時限, 使多士曉然知不易之制, 則所謂實才之易爲用者, 亦可若意占解. 視於不禁早呈, 以晚取爲務, 自有得失之著甚者如是也. 而士猶不信令, 挾券坌堵於題底圍外, 以待時限之至, 則令之不行, 自多士犯之, 豈無區別於陞黜之際?

—『홍재전서』권33,

「대비과에서 시권을 제출하는 시한을 의논해 정하라는 하교大比科先呈時限議定敎」

17 91년(정조 15년) 8월 9일 대신들에게 내린 지시다. 앞으로 시행할 과거시험에서는 답안지를 너무 일찍 제출하지 않도록 법으로 규정하여 실시하라는 내용이다. 당시 인재를 뽑는 유일한 제도인 과거제도는 부패할 대로 부패하여 더이상 손을 보기가 어려울 지경에 빠졌다.

정조 때에는 그나마 사정이 나았다곤 하나 인재를 키워 뽑는 제도로서 기능은 유명무실해졌다. 문제점을 고치기 위한 방안의 하나로 정조는 답안지를 천천히 제출하도록 했다. 과거시험은 요즘의 논술시험과 비슷한데, 창의력과 문장력을 평가하는 잣대의 하나가 속도다. 시험에 합격하려면 짧은 시간 안에 답안을 작성해야 한다. 그런데 문제가 주어진 순간부터 창의적 생각을 하고 문장을 잘 쓰고자 한다면 이미 늦다. 문제를 보자마자 마치 이미 지어놓은 답안을 베끼듯 써야 한다. 정조의 지시에 따라 문제를 내건 이후 세 시간 뒤에 답안을 받기로 했다. 물론 큰 효과는 없었다. 정조의 이 지시를 보면 지금의 대학입시가 안고 있는 문제점과 크게 다르지 않다. 더욱이 논술시험은 똑같은 문제점을 안고 있다.

5장

나라를 다스리는 법

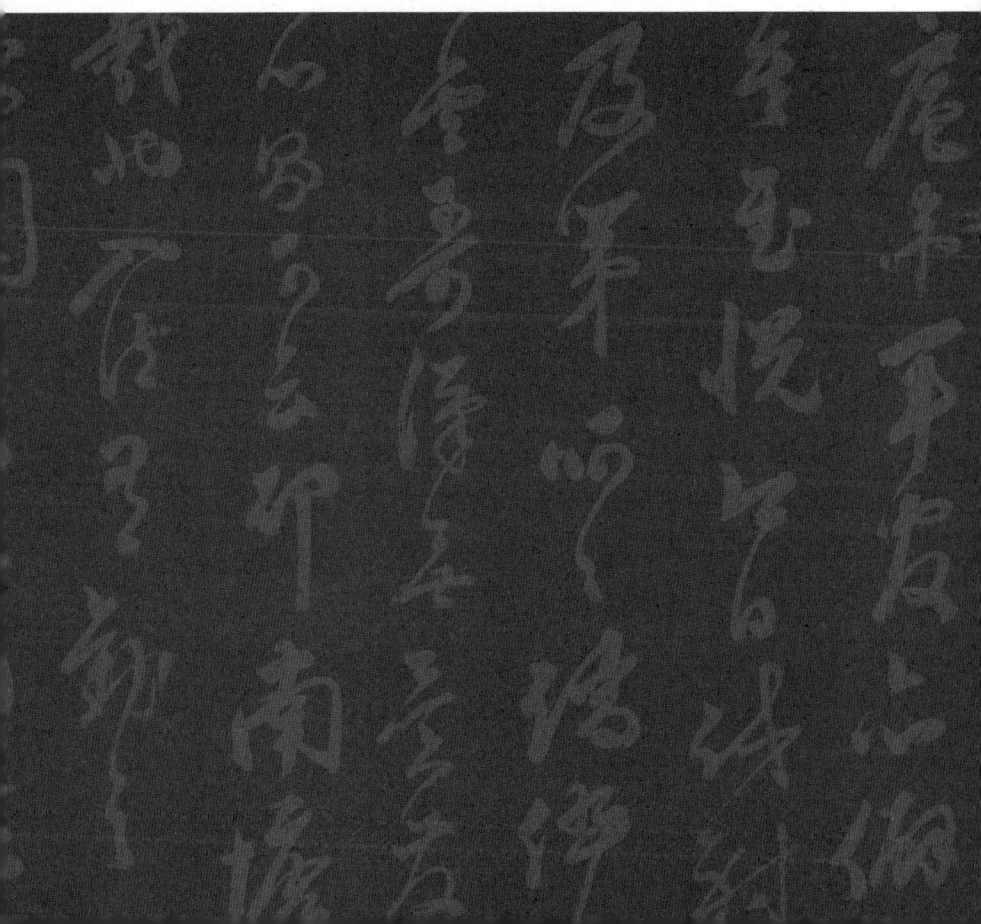

노신하에게 보내는 연하장

근래 평안히 지내지요? 채 정승(채제공)은 몇십 일만 지나면 80세 노인이 됩니다. 정승의 별자리가 근래 또 장수를 관장하는 별에 접근하고 있어 영중추부사는 82세, 봉조하는 72세, 판부사는 71세, 그리고 경은 70세가 되니 어찌 장한 일이 아닙니까? 조정에서 보기 드문 성대한 일입니다. 묵은해를 보내고 새해를 맞이하는 때 이렇게 마음의 선물을 보내니 이 마음을 잘 알겠지요? 이만 줄입니다. 무오년(1798) 12월 10일 만천명월주인萬川明月主人은 쓴다.

近候晏勝. 蔡相過數旬, 當爲頭八十翁, 而台鑒近又壽曜, 領府爲八十二歲, 奉朝賀爲七十二歲, 判府爲七十一歲, 卿爲七十歲, 豈不壯哉. 筵牘所椅有之盛事也. 餞舊迎新, 有此心睨可以會心耶. 略此. 戊臘旬日, 萬川明月主人書.

—개인소장, 「심환지에게 보낸 밀찰」

17 98년 연말에 우의정으로 있던 심환지에게 보낸 편지로 얼마전에 공개한 『정조어찰첩』 297통에는 포함되지 않았다. 정조는 연말이면 대신들에게 선물과 함께 편지를 보내 안부를 물었다. 현대의 연하장과 같은 의미가 담겨 있다. 그런데 이 편지는 선물 없이 마음의 축하만을 보냈다. 그 축하란 다름 아닌 70세 이상 대신이 네 명인데 경이 이제 70세가 되어 한 명이 더 늘어나게 되었다는 것이다. 70세 이상 고관만이 들어가는 모임에 가입하는 것은 축하할 만한 일이다. 정조는 아랫사람을 감동시키는 방법을 잘 아는 군주였다.

정조는 정치와 교화가 잘 시행되면 세상에 온갖 좋은 현상들이 나타나고, 좋은 현상 가운데 최상은 인간의 상서로움, 곧 장수하는 것이라고 『인서록人瑞錄』 서문에서 말했다. 정조는 혜경궁 홍씨의 환갑에 즈음해 이 책을 만들고 전국의 80세 이상(관료는 70세 이상) 노인에게 벼슬과 선물을 주려고 해당자를 조사하니 총 7만5,100여 명에, 나이를 합하자 589만8,210세였다. 정조는 아주 흐뭇하게 여겨 전국적인 행사를 벌였다.

외국풍과 조선 본색

근래 사대부들은 풍습이 아주 괴상하여 우리나라 틀을 꼭 벗어던지고 멀리 중국인들이 하는 짓을 배우려 한다. 서책은 물론이요 일상의 그릇과 집기도 모두 중국산 제품을 사용하고 그것이 고상한 아치雅致라고 경쟁한다. 먹, 병풍, 붓걸이, 의자, 탁자, 고가의 골동품 따위의 갖가지 기교를 부린 물건을 좌우에 늘어놓고 차를 마시고 향을 피우며 우아한 티를 억지로 꾸미는데 그런 자가 많아 일일이 다 말할 수 없을 지경이다. 구중궁궐 깊이 앉아 있는 나까지도 풍문에 들었으니 낭자한 폐해는 말하지 않아도 알수 있다.

옛 사람은 "오늘날 사람은 마땅히 오늘날 사람의 옷을 입어야 한다"고 말했는데, 이는 새겨들을 만한 절실한 말이다. 이들이 우리 동방에 태어났다면 마땅히 우리 동방의 본색을 지켜야지 왜 굳이 죽을 힘을 다해 중국 사람을 본받으려 하는가? 이는 사치 풍조의 일단으로 끝에 가서는 그 폐해가 말해도 소용없고 구제도 하지 못하는 지경이 되리라. 실로 보통 걱정거리가 아니다.

　近來士夫間, 習尙甚怕, 必欲脫却我國規模, 遠學唐人所爲. 書冊姑無論, 至於尋常器皿什物, 亦皆用唐産, 以此競爲高致. 如墨屛筆架交椅卓子鼎彝樽榼等種種奇巧之物, 布列左右, 啜茶燃香, 强作疎雅態者, 不可殫述. 以予深坐九重, 猶得聞之風便, 其狼藉成弊, 不言可知. 古人云今人當服今人服, 此言切實可敬. 此輩旣生於我東, 當守我東本色, 豈必竭死力, 效嚬唐人耶? 是亦侈風之一端, 而末流之弊, 將有不可言, 不可捄者, 實非尋常之憂也.

—『홍재전서』 권175, 『일득록』 15, 「훈어」

17 89년 정조가 김조순에게 걱정하며 한 말이다. 서울 사대부의 생활풍습이 지나치게 사치스럽고, 특히 중국 스타일로 변해가는 현상을 몹시 걱정하는 내용이다. 변화의 핵심은 청나라에서 수입되는 물건, 이른바 당화唐貨에 빠지고, 청나라 풍의 생활에 젖어드는 현상이었다. 정조가 별것 아닌 현상을 괜스레 떠벌리며 우려한 것은 아니다. 당시 경제상황이 나아지고 국제무역이 활발해지면서 경제력 있는 사람들은 급속도로 외국풍 생활과 수입품에 빠져들었다.

정조는 "오늘날 사람은 마땅히 오늘날 사람의 옷을 입어야 한다"는 옛 사람의 말을 이용해 시기적으로나 공간적으로 멀리 떨어진 옛 것과 외국 것을 지나치게 좋아하는 태도는 옳지 않다고 했다. 우리가 조선에 태어난 이상 조선의 본색을 지켜야지 중국 것을 본받는 행위는 미래에 걷잡을 수 없는 폐해를 낳을지도 모른다고 경고했다. 정조의 우려는 지나친 데가 있다. 그러나 자기 본색까지 상실하며 외국 것만을 무작정 쫓는 폐해를 우려한 것은 그때나 지금이나 되새겨볼 일이다.

정부의 비용을
부자에게 전가하지 말라

03

正
祖

청나라 칙사 일행을 맞아 나례儺禮를 공연할 때 해당 도감에 소속된 자들이 도구를 만드는 밑천 값이라며 부잣집에 돈을 요구한다. 또 가설무대에 쓸 재목 건으로 강가 백성들을 괴롭혀 각종 폐단이 한두 가지가 아니라고 한다. 이번에는 포도대장 종사관이 담당하는 관례를 벗어나 따로 낭청에게 지시하고, 연접도감延接都監의 당상관에 한성판윤과 평시서 제조提調를 겸직하게 한 것도 지금까지의 폐단을 통렬히 금지하려 한 의도였다. 이런 뜻으로 얼마전 연석筵席에서 지시했다. 이 지시 이후에도 만일 그릇된 관례를 그대로 답습하며 낱낱이 금지하지 못한다면 영접 책임자 이하 모두에게 무거운 죄가 있을 것이다. 또 나례 비용을 모두 시민市民

에게 부담시킨다고 들었는데, 이것도 아무런 근거가 없다. 심지어 부유한 백성의 재물을 강제로 빼앗는 일은 더더욱 금지할 것이다. 이번에는 들어갈 비용을 계산해서 해당 부서에서 물력物力을 헤아려 지급함으로써 털끝만큼도 민폐를 끼치는 단서가 없게 하라. 이 일을 의정부로 하여금 연접도감에 엄중히 지시하라.

每當勑行, 有儺禮設行之時, 該都監所屬, 稱以濛帖價本, 侵漁富戶. 又於假家材木, 作挐江民, 種種弊端, 不一而足云. 今番則以捕廳大將從事官例管之外, 別爲啓下郞廳, 延接都監諸堂, 亦以京兆長平市提調兼帶者, 蓋欲痛禁前日之弊. 俄於筵席, 亦有飭敎. 如是申飭之後, 萬一有任其襲謬, 不能一一禁戢, 自餕伴以下, 當有重勘. 且聞儺禮之需, 皆令市民責應, 此亦無意. 至於勒奪富民財貨, 尤所當禁. 今番則計其所入, 自該曹上下物力, 俾無一毫貼弊之端事, 亦令廟堂嚴飭延接都監.

— 『비변사등록』, 정조 8년(1784) 10월 9일자 기사

정조 8년 10월 9일에 비변사의 당상관과 예조판서, 도승지에게 지시한 내용이다. 비변사등록 해당 날짜에 기록되어 있다. 청나라에서 칙사가 올 때 조선에서는 그들을 접대하는 데 막대한 비용을 썼다. 영접에는 나례라는 각종 연극과 공연이 빠지지 않았고, 여기에도 적지 않은 비용과 인력이 동원되어야 했다.

문제는 그 막대한 비용을 정부에서 조달하지 못하고 민간에 전가한다는 데 있었다. 조선 정부에서는 부를 축적한 시전상인과 경강상인들에게 정부행사에 필요한 자금을 이런저런 명목으로 거두는 것이 관례화되었다. 지금도 국가나 사회에 필요한 비용을 음으로 양으로 기업에 전가하는 방식과 크게 다르지 않다. 일종의 준조세처럼 수탈한 것이다. 부자들이 이를 감내한 것은 그들이 권력과 결탁하여 막대한 이익을 창출해왔기 때문이다. 하지만 준조세 비용이 너무 많았기 때문에 불만이 쏟아져 나왔다. 정조는 이런 관례를 타파하고자 했다. 그래서 수탈이 행해지지 못하도록 강력하게 대처할 것을 고위관료에게 지시했다. 그러나 그 지시가 먹혀들었을까? 정조는 이런 지시를 자주 내렸으나 근본적인 해결은 하지 못했다.

04

正
祖

요새 노름하는 무리는

근래에 노름하는 무리들을 엄금하지 못해 이처럼 길거리에서
살인을 저지르는 일까지 발생하게 만들었다. 소란이 일어난 전말
을 따져보면 역시 지극히 작은 사단에 불과하다. 풍속이 드세져
백성들이 이처럼 법을 두려워하지 않으니 이것은 그들을 가르쳐
서 그렇게 하도록 만든 것과 무엇이 다르겠는가? 법관을 설치해
놓았으나 어디에 쓰겠는가? 노름하는 무리를 포도청에서 금지하
는데 한결같이 눈감아 주고 있으니 어찌 말이 되는가? 앞으로 일
의 경과를 더 살펴보고서 별도로 처분이 있을 것이다. 그건 그렇
고 정범正犯은 죄상이 너무나 악독하여 사실대로 지만(자백)을 받은
뒤 완결해야 한다. 받아낸 공초(죄인이 범죄 사실을 진술한 내용)는 너무

도 엉성하므로 다시 더 낱낱이 엄중하게 신문하여 무엇보다 먼저 즉시 자백을 받도록 하라. 비록 옥사의 내용과는 관계가 없다고 하나 이른바 도주했다는 여러 놈들은 잡아다 공초를 받은 놈이 하나도 없어 끝내 흐지부지되고 말았으니 기강에 관계가 크다.

뿐만 아니라 살인 옥사는 사건이 무거워 통훈대부通訓大夫 이하도 관찰사가 오히려 계문하는데 영졸營卒을 기송(起送, 죄인을 호송함)하지 않은 것은 몹시 놀랍다. 해당 장수를 우선 엄하게 추고하고, 일체 잡아다가 공초를 받은 뒤에 완결하라. 검관을 나처(범인을 의금부로 잡아들여 조처함)하는 일은 말하는 사이에 착오가 난 것에 불과하므로 우선 추고만 하여 자리를 비워 두는 폐단이 없게 하라.

大抵近來雜技之輩, 不能嚴禁, 致有此殺越人于街路之上, 而究厥起鬧之顚末, 亦不過至微細之事端. 民俗之瞀不畏法若此, 此何異於敎之使爲乎? 設置法官, 將焉用哉? 至於雜技之徒, 卽亦捕廳之所禁, 則一味闔眼, 亦豈成說乎? 更觀前頭, 當有別般處分. 而正犯段, 情狀痛惡, 但當直捧遲晚後完決, 所捧之供, 極爲草率, 更加箇箇嚴訊, 爲先卽爲取服. 雖無係關於獄情, 所謂在逃諸漢, 無一捉來取招, 竟沒下落者, 亦關紀綱尤不喩. 殺獄體重, 通訓以下觀察使, 猶且啓聞, 則營卒之不爲起送, 駭然甚矣. 當該將臣, 爲先從重推考, 一迸捉來捧招, 然後完決爲旀, 檢官拿處事, 不過下語間做錯, 姑爲推考, 以除曠官之弊.

—『심리록審理錄』 제32권, 경신년(1800)

17 99년 10월 서울에서 발생한 살인사건을 국왕으로서 마지막으로 평결했다. 평결이 정확하면서도 간명하다. 노름하다 일어난 사소한 다툼이 대로변 살인사건으로 발전했다고 본 정조는 우선 노름이 만연한 풍속을 걱정하고, 이어 금지했음에도 노름이 만연한 현상을 법 집행 부서의 잘못으로 귀결시켰다.

정조시대에는 노름이 사회문제가 될 만큼 성행했다. 이보다 앞서 1791년 9월 19일에 신기경은 상소문을 올려 국정 현안을 논했는데, 그 가운데 노름이 들어 있다. 그에 대한 비답에서 정조는 "노름 가운데 투전의 폐단은 사대부들까지 모두 빠져 있다고 하니 한마디로 말해 수치스러운 일이다. 집안에는 각기 부형父兄들이 있을 텐데 그 부형들이 보고서도 막지 않는다. 세상 되어가는 꼴을 보니 한심한 일이 왜 아니겠는가"라며 투전이란 노름의 성행을 개탄하고 사대부 집안에서조차 단속하지 않는 실정에 분노를 표시했다. 대책으로 포도청에 엄중한 단속을 지시했으나 큰 효과를 본 것 같지 않다. 오히려 정조 사후인 19세기에는 노름이 더 성행해 큰 사회문제로 부각되었다. 200년 전에도 도박중독증에 노출되어 있었다.

재상을 새로 임명한 이유

상소문을 살펴보고 경의 진심을 잘 알았소. 내가 경에게 높이
사는 것은 기개요. 꺾이지도 않고 삭지도 않으며, 곤경에 처해서
나 드날릴 때에나 똑같았소. 조정에 있거나 강호江湖에 있거나 기
개를 바꾼 적이 있었던가? 헐뜯는 자가 뜻을 이루지 못한 것은 내
가 명철해서가 아니었고, 험난한 길이 평탄해진 것도 내 힘이 아
니었소. 처음부터 경을 공격한 것이 올바른 도가 아니었고, 거리
에서 시비하고 뱃속으로 비방한 것도 진실로 경에게 아부한 것이
아니었소.

정승으로 임명하는 날 길을 가는 백성들이 바라보고 후련하게
생각했으니, 내가 경을 임용한 것은 단지 인정에 따른 것이오. 대

체로 지금 이것이 없어서 위축되었소. 일찍이 한겨울 되게 추울 때 이불을 껴안고 몸을 녹이는 늙은이라고 저속하고 천박한 속세를 비유한 적이 있는데 경은 기억하고 있소?

장군이 모두 용감한 나라는 없고, 군사가 모두 용감한 군대는 없소. 징과 북을 울리고 창과 방패를 번득이며, 불시에 함성을 지르며 성을 공격하고 땅을 빼앗지는 못해도, 사기를 진작시키고 기운을 북돋워서 누구나 해서는 안 될 일이 있다는 것을 알게 해야 하오. 탐욕스러운 자는 청렴해지고 겁 많은 자는 대담해지며, 잠꼬대하던 자는 정신이 또렷해지고 축 늘어진 자는 매섭고 날카롭게 바뀌어야 하오. 모가 나지 않은 태도가 하루아침에 확연히 바뀌고 위축된 자를 기가 충만하게 만들며, 조정을 높이도록 만들어야 하오. 한마디로 말해 기개를 장수로 삼아야 하오. 그러나 쓰러뜨리면 도리어 해가 되오. 서두르지도 말고 망설이지도 말며, 모든 걸 갖추라고 바라지도 마시오! 치우치지도 않고 기울지도 않으며 이기려고만 해서도 안 되오. 처음에는 뿔뿔이 흩어져 화합하기 어려워 보여도 나중에는 대동하여 한길로 함께 갈 것이오. 그러면 처음 먹은 뜻을 완수하고 제 능력을 발휘할 것이오. 하고 싶은 대로 다스려도 큰 사건이 일어나지 않는 정치를 성대하게 행할 수 있을 것이오. 그런 책임이 재상의 반열에 있는 경들에게 있지 않은가? 경은 마음을 바꾸어 시대를 생각하여 나를 돕도록 하시오!

省疏具悉卿懇. 予於卿所取者氣也. 不挫不鑠, 屈旣如之颷亦然, 何曾以巖廊江湖換其氊乎? 譖夫莫售, 非予之明也, 爓塗卽夷, 非予之力也. 自初攻卿, 不以其道, 巷議腹誹, 諒非阿卿, 爰立之日, 夾路覘快. 予之用卿, 特順人情也. 大抵今時無是故餒耳. 嘗以大冬嚴沍擁衾呵凍之老人, 取喩於俗樣之低淺, 卿能記有否? 國無皆勇之將, 而軍無皆勇之士, 雖不必鳴金鼓‧耀戈甲, 嘷呼嘡唦, 爭城爭地於猝然勃然之間, 其振發而作興, 人人知有所不爲. 貪者廉, 懦者立, 呻囈爲之瀏亮, 萎薾變而崱屴. 使沒模稜之習氣, 一朝煥然從革, 餒者不餒, 尊朝廷於三古者. 予則蔽一言曰氣爲帥. 然摝之則反爲害焉, 勿亟勿徐而勿求備, 不偏不倚而不務勝, 始似落落難合, 卒乃蕩蕩偕歸. 於是乎初志遂而能事成, 治可從欲, 沛然行其所無事, 其責顧不關於卿等股肱之列者哉! 卿卽幡然, 思日協贊.

—『승정원일기承政院日記』 정조 19년 1월 28일자 기사

17 95년 1월 26일 정조는 조정의 요직을 모두 교체했다. 좌의정에 유언호, 우의정에 채제공을 임명했고, 육조판서 대부분을 바꿨다. 전면개각을 단행한 셈이다. 그때 채제공이 여러 이유를 들어 사직상소를 올리자 이 비답批答을 내렸다. 비답에서 정조는 재상을 새로 임명하여 기대하는 효과가 무엇인가를 명확하게 밝히고 기대를 충족시켜 주기를 바랐다.

정조는 새로 임명한 재상에게 관료와 백성의 사기를 진작시키길 기대했다. 어떤 재상이 임명되느냐에 따라 나라의 분위기가 크게 바뀐다고 보았다. 기개를 가진 채제공 같은 인물이라면 가능한 일이었다. 목적을 이루고자 몇 가지 부탁도 했다. 아랫사람들이 모든 걸 갖추기를 바라지 말고, 남을 굳이 이기려고만 들지 말라고 했다. 뿔뿔이 흩어진 사람들이 마지막에는 하나의 큰길로 화합할 것을 기대했다. 오늘날에도 재상이 임명될 때 그가 과연 국민의 사기를 진작시키는 인물인지 아니면 사기를 꺾는 인물인지 생각해볼 일이다.

일진일퇴

주상께서 말씀하셨다.

"예부터 일진일퇴一進一退하는 정치는 조화시켜서 두루 다스리는 정치와 함께 눈앞의 효과가 있는 반면 말단의 폐해도 있다. 만약 큰 조화를 보존하는 가운데 굽은 자와 곧은 자를 변별하는 것을 급선무로 삼아서, 곧은 자가 주인이 되어 굽은 자에게 뒤를 따르게 한다면 굽은 자도 곧은 데로 돌아온다."

신은 대답하였다.

"성상의 하교는 중심을 잡은 아주 바른 도리이므로 영구히 폐단이 없을 것입니다. 다만 시원스럽고 활달하게 시행하지 않으면 빠른 시간 안에 공을 거두기 어렵습니다. 그래서 역대 군주는 일진일퇴하는 정치가 잘 되지 않을 경우 곧잘 모호하게 조정하는 정치를 했는데 치우친 한쪽에 기대면 가까운 이익이 있기 때문입니다."

주상께서는 말씀하셨다.

"큰 조화를 보존하는 가운데 굽은 자와 곧은 자를 변별하는 것은 큰 역량을 갖춘 사람이 아니면 해내지 못한다."

"從古一進一退之政, 與調娛彌綸之政, 雖有目前之效, 而亦有末流之害. 若於保合大和之中, 以辨別枉直爲先務, 使直者爲主而枉者聽命, 則枉者亦歸於直矣." 賤臣對曰 "聖敎乃是大中至正之道, 亦可永久無弊. 而特以其行之不快活, 收功也亦遲, 故歷代人辟, 若非一進一退之政, 則輒爲囫圇調停之政者, 以其皆倚於一偏而有近利也." 上曰 "保合大和之中, 以辨別枉直爲先, 非有許大力量, 不能辦也."

—『홍재전서』 권166, 『일득록』 6, 「정사」

17 85년 김종수와 나눈 대화에 나오는 말이다. 대화의 내용이 조금 모호하지만, 큰 줄거리는 서로 다른 당파의 인물을 번갈아 교체하여 기용하는 것이 정치의 큰 대강이라는 말이다. 일진일퇴하는 정치라고 말한 것이 바로 그것으로 정당의 교체와 같은 의미이다. 폐단이 없지는 않지만, 여러 당을 번갈아 기용하는 것이 낫다고 생각한 정조는 실제로도 그런 생각을 실천했다. 반면 김종수는 그 취지에 수긍은 하면서도 은근히 반대하는 의견을 제시했다. 모호하게 조정하는 정치를 두둔하면서, 한쪽에 기대면 이익을 바로 낼 수 있다는 이유를 댔다. 한 당파에 전적으로 기대고 반대 당을 제거하는 것이 이익이라고 주장한 것이다. 그러나 정조는 다양한 당을 번갈아 등용하는 노선을 견지하여 크게는 5년 단위로 정국 운영의 주도권을 교체했다.

굽은 자와 곧은 자를 변별하는 권리를 과거에는 국왕이 쥐었으나 지금은 눈밝은 국민의 몫이다.

의심하고 또 의심하라

이치를 따질 때에는 반드시 깊이 생각하고 힘써 탐구하여야 한다. 의심할 것이 더이상 없는 곳에서 의심을 일으키고, 의심을 일으킨 곳에서 또 다시 의심을 일으켜 더이상 의심할 것이 없는 완전한 지경에 바짝 다가서야 비로소 시원스럽게 깨달았다고 말할 수 있다. 옥사獄事를 판결하는 일도 이와 같다. 정황이나 법조문에서 털끝만큼도 의심을 일으킬 만한 거리가 없다고 해도 의심할 것이 더이상 없는 곳에서 또 의심을 일으켜 의심하고 또 의심하라. 더이상 의심할 것이 없는 완전한 지경에 도달한 뒤에라야 비로소 판결을 내릴 수 있다. 이렇게 확대해 나간다면 잘못 처리한 사건이 드물 것이다.

窮格必熟思力究, 無疑處起疑, 起疑處又起疑, 直到十分無疑地, 然後方可謂豁然. 決獄亦類此, 情與法, 雖無毫分可疑, 亦當從無疑處起疑, 疑之又疑. 又便到十分地無疑, 然後始可決折. 以此推將去, 鮮有誤了處.

—『홍재전서』 권166, 『일득록』 6, 「정사」

서유방徐有防이 1784년에 정조의 말을 기록했다. 중범죄자를 중벌에 처할 때 그의 범죄행위가 완벽에 가까울 만큼 확신이 들었을 때 비로소 중벌에 처해야 옳다는 신념을 피력했다. 어느 통치자인들 죄수를 신중하게 조사하고 판결해야 한다고 강조하지 않았을까마는 정조는 유별나다. 백성의 생명은 무한히 소중한 것이므로 그는 중죄인을 사형에 처할 때는 특별히 잘 살펴야 한다고 누누이 강조했다. 이런 태도는 "의심할 것이 더이상 없는 곳에서 다시 의심을 일으키라[無疑處起疑]"는 주문에 잘 녹아 있다. 누가 봐도 죄인의 죄상이 분명할 때조차 혹시 수사가 잘못 되었는지 아니면 죄상의 경중을 잘못 판단했는지를 다시 의심해야 한다. 하지만 그것으로 끝이 아니다. 그의 죄상과 판결에 완벽하게 확신이 섰더라도 다시 철저하게 의심해 더이상 의심할 건더기가 없을 때 비로소 판결에 임해야 할 것이라고 했다. 혹시라도 억울한 죄상을 뒤집어쓰는 사람이 없도록 판결에 최선을 다하는 것이야말로 법을 집행하는 자의 의무임을 강조했다.

"의심할 것이 더이상 없는 곳에서 다시 의심을 일으키라"는 구절은 정조가 사건을 처리할 때 버릇처럼 하던 말이다. 통치기간 25년 동안 이를 실천하기 위해 부단히 애쓴 결과가 바로 『심리록』(『홍재전서』 중 권 135 이하의 전국의 중죄인들에 대한 판례 모음집)에 보인다.

국토를 어떻게 보위하는가

　우리나라는 하늘의 아름다운 명을 받들어 동방 전체를 소유하였다. 팔도로 나뉘어 주와 군이 별처럼 늘어서고, 사면을 에워싸진과 보루가 바둑알처럼 깔려 있다. 강토가 수천 리를 넘고 태평을 수백 년 동안 누려왔다. 비옥한 들녘에는 뽕나무와 삼이 풍족하고, 깊은 숲과 큰 강에는 재물과 보화가 연일 생산된다. 남으로는 화살대와 옻·실이 풍부하고 북으로는 산삼·녹용·피혁이 산출된다. 산에는 아름드리 목재가 있고 물에는 수많은 물고기가산다. 백성과 물산은 풍요롭고 풍속과 기질은 문명을 이뤄 중원밖의 나라 가운데 최고일 것이다.

　그렇건만 어째서 근래에는 지리가 정치의 근본임을 모르는 것인가? 관문은 방비가 허술하여 한탄스럽고, 성곽은 보수한 성과가 없다. 서울을 수비하는 지역 사령관에 대해서 대신들의 의견이 일치되지 않고, 강화도를 방비하는 통어統禦 제도는 옳고 그름을 놓고 논의가 분분하다. 울릉도와 손죽도는 오래도록 무인도로 버려졌고, 여연閭延과 무창茂昌은 옛 군현을 회복하지 못하고 있다. 나아가 이익을 독점하는 조정의 조치가 없는데 물고기와 소금은 더욱 귀하여지고, 팔도에 광물을 채취하는 관리가 파견되지 않는데 금과 은은 점점 고갈되어 간다. 인재의 수준이 갈수록 떨어지고 풍속이 갈수록 조잡해지는 현상은 굳이 말하지 않아도 알 것이다. 이 몇 가지 사안에 대해 형편대로 바로잡고 구제하는 대책을 그대들이 아니면 누구에게 자문을 구하겠는가?

유독 우리나라의 학자들은 명물학名物學을 가장 소홀히 여겨 전해오는 지리서로는 『동국여지승람』과 『동국문헌비고』 등 한두 종에 지나지 않는다. 이것으로 세상을 경영하는 폭넓은 지식을 얻을 수 있겠는가? 혹시 초야에 묻힌 사람들이 제각기 베갯속에 큰 보물을 숨겨두고 있는데 궁궐의 비각秘閣에서는 수집하지 못하는가? 또 바라노니 그대들은 나를 위해 사실을 밝혀 함께 글을 짓도록 하라! 내 친히 보리라.

惟我國家受天休命, 全有大東. 分八道而州郡星羅, 環四圍而鎭堡棊錯, 經緯過數千里, 休養且累百年. 沃野膏壤, 桑麻自足; 深林大澤, 貨財日興. 南有箘簵漆絲之饒, 北有蔘茸皮革之産, 山居千章之材, 水居千石之魚. 而民物之殷庶, 風氣之文明, 庶乎其甲于外服矣. 奈之何挽近以來, 人不知地理之爲政本, 關防多疎虞之歎, 城池無修飾之效. 畿輔兵閫, 廟議之進退靡常; 江都統禦, 衆論之臧否不一. 鬱陵損竹, 久棄爲空島; 閭延茂昌, 迄未復故郡. 以至於朝無權利之政, 而魚鹽轉貴; 道無採礦之使, 而金銀漸竭. 則人才之遞降, 習俗之遠漓, 蓋不待言而知. 凡此數者, 所以便宜矯捄之策, 不于子大夫, 而于何諮詢歟? (중략) 獨我東儒者, 最疎於名物之學, 所傳地理書, 不過勝覽・備考一二種而已, 此豈足爲經世博聞之一助乎? 抑草野之間, 人各有枕中鴻寶, 而特祕閣未之收歟? 亦願子大夫爲予揚扢而并著于篇, 予將親覽焉.

—『홍재전서』 권50, 『책문』 3, 「지세地勢」

17 89년 정조는 국가의 앞날을 책임질 젊은 문신들에게 조선의 지리적 상황을 큰 차원에서 점검해보라는 문제를 내렸다. 주제는 지세地勢였다. 그러나 국토의 지형만을 문제삼지 않았다. 하늘로부터 받은 이 아름답고 풍요로운 국토를 어떻게 개발하고 어떻게 보위할지에 대한 문제까지도 함께 물었다. 신하에게 내린 질문에는 나라와 국토에 대한 자부심과 나라를 보전할 책무를 진 국왕으로서 다부진 자세가 보인다.

한편으로 정조는 국방이 갈수록 허술해지는 점을 개탄하였다. 특히나 수도를 방어하는 주변 군사도시의 책임자 선정과 강화도의 수비문제에 대해 신하들 사이에 의견이 통일되지 못하는 문제점을 어떻게 해결한 것인가를 물었다. 과연 신하들은 어떻게 답했을까? 다산 정약용이 짤막한 답변을 올렸는데 국왕의 문제의식에 부응하지 못하고 형식적으로 답한 수준에 머물렀다. 결국 백년도 지나지 않아 국토는 외세에 유린당하고 분단을 맞았다. 오늘날 국토가 직접 공격을 받는 사건이 또 발생했다. 지금도 정조의 개탄이 반복되는 답답함을 느끼지 않을 수 없다.

서자 차별을 철폐하라

옛날 우리 선조대왕宣祖大王께서는 "해바라기가 해를 향하는 성질은 곁가지라 하여 다르지 않듯이 신하가 충성을 바치고자 하는 마음이 구태여 적자에게만 있겠는가?"라고 말씀하셨다. 성인의 말씀은 훌륭하도다! 그러나 우리나라는 나라를 세운 규모가 명분名分을 무겁게 여기고 지체와 문벌을 숭상하였다. 그래서 요직要職에는 허용하여도 청직淸職에는 허용하지 않기로 옛 사람이 진작 참작하여 정해놓은 주장이 있다. 근년에 대각臺閣의 청직에 임용되도록 허락한 것은 참으로 선대왕의 고심에서 나왔다. 그러나 시행에 걸림돌이 많아 그 뒤로는 중지되었다.

아! 한 사내가 원한을 품어도 하늘의 화기和氣를 손상시키기에 넉넉한데 더구나 허다한 서류庶流야 말할 나위가 있겠는가? 그 숫자가 몇 십만 명에 그치지 않으니 그 가운데 재주가 뛰어나 나라에서 쓸 만한 선비가 어찌 없겠는가? 지금 인사 부서에서 통청한 시종侍從 신하로 대우하지 않고, 또 봉상시奉常寺나 교서관校書館에 두지 않아 나아가기도 물러나기도 어렵고 적체를 해소할 길이 없다. 바짝 마르고 누렇게 뜬 얼굴로 나란히 제 집의 창문 아래서 죽어갈 꼴이다. 불쌍한 저 서류도 나의 신하들이건만 그들이 제자리를 얻지 못하고 쌓아놓은 재능을 펼칠 길이 없다면 이 또한 과인의 잘못이다.

이조와 병조의 신하들은 대신에게 나아가 상의하여 소통시킬 방법과 장려하여 뽑을 방도를 특별히 강구하라! 문관으로 어떤 관직에 이르고 음관(蔭官, 조상의 공덕으로 얻은 벼슬)으로 어떤 관직에 이르며, 무관으로 어떤 관직에 이른다는 과정을 참작하여 정해서 등급과 위세를 살리라. 그 절목을 상세하게 밝혀서 벼슬길을 넓히도록 하라.

昔我宣祖大王之敎曰 "葵藿傾陽, 不擇旁枝, 人臣願忠, 豈必正嫡.",
大哉聖人之言也! 然我國立國規模, 卽重名分, 尙地閥. 故許要不許淸,
古人已有酌定之論. 頃年臺閣通淸, 實出於先大王苦心, 而以其事多掣
碍, 伊後中止. 噫! 匹夫銜寃, 足傷天和, 況許多庶流, 其麗不啻幾億萬.
則其間豈無才俊之士可以爲國需用者. 今則銓曹旣不以通淸侍從待之,
又不以奉常校書處之, 進退俱難, 疏滯無路, 枯項黃馘, 其將騈死於牖
下. 嗟彼庶流, 亦我臣隣, 使不能得其所, 亦無以展其蘊, 則是亦寡人之
過也. 其令兩銓之臣, 就議大臣, 所以疏通·所以奬拔之方, 另加講究.
文以至於某官, 蔭以至於某官, 武以至於某官, 酌量其階梯, 以存等威,
消詳其節目, 以廣仕路.

　　　—『홍재전서』 권30, 「서류를 소통시키라는 하교庶流疏通敎」

17 77년 3월 21일 정조가 반포한 교서로서 인사를 담당한 이조와 병조가 서얼들을 요직과 청직에 임명할 과정을 구체적으로 작성하여 만들어 올리라고 지시했다. 서얼 또는 서류는 서자와 그 자손들을 지칭한다.

조선 사회는 명분에 집착하여 그들을 극심하게 차별대우해왔다. 가정 안에서는 물론이고, 사회와 국가에서조차 그들을 공개적으로 차별했다. 그래서 서얼들은 능력이 있어도 고위관직에 오를 수 없었다. 조선시대 서자 차별은 비인간적일 뿐만 아니라 망국적 폐해였다. 정조는 평소부터 극심한 차별대우를 받던 그들을 깊이 동정하여 관직의 길을 터주려고 작심하고 교서를 내렸다. 교서는 아주 간명하지만 차별을 완화해야 하는 이유와 의지를 분명하게 제시했다. 이렇게 하여 만든 절목은 이후 법적 효력을 지녔으나 경직된 관료사회의 관습까지 부수지는 못했다.

사치를 금지는 해야겠는데

正
祖

아! 가난한 사람들이 먹는 소금국과 나물죽은 부유한 사람들이 먹는 쌀밥과 고기요, 가난한 사람들이 입는 베옷은 부유한 사람들이 입는 비단이다. 온 천하의 나라 가운데 우리나라처럼 가난한 곳이 없다. 우리나라에서는 밥상에 두 가지 고기가 오르고 입을 것이 두어 벌만 되어도 오히려 사치한 것이지 검소한 것이 아니다. 그 가운데 분수에 넘치는 짓은 단지 큰 것만을 위에 대충 몇 가지 들어보았다.

아! 소박함을 숭상하고 화려함을 배척하는 것은 곧 우리 선대왕의 유지로서 이 소자가 밤낮으로 염두에 두고 있다. 평상시에 입는 의복은 항상 자주 빨도록 하고, 평소 거처하는 방은 겨우 몸 하나 들어갈 정도의 공간이며, 대궐 부엌에서는 아침 저녁의 음식을 줄였고, 좌우에 설치해야 할 기생의 음악도 없애버렸다. 재물을 절약하고 소비를 줄이는 일이라면 조금도 소홀함이 없었다. 그러나 어째서인지 뜻을 강하게 가질수록 거둔 효과는 더욱 제한되었다. 나라의 재정은 일년의 지출을 감당하지 못하고, 왕실의 재정은 몇 개월도 지탱할 거리가 없다. 물품을 판매한 장부를 살펴보면 해마다 증가되고 다달이 불어나는데, 건축공사할 일이라도 생기면 때가 어려운데 할 일이 넘친다는 개탄만 나온다. 궁궐의 푸줏간은 부채를 청산하지 못하고, 궁녀의 옷상자는 옷가지를 채우지 못하고 있다. 오로지 과인의 몸소 실천하는 방안이 요령을 얻지 못했기 때문이다.

噫! 貧人之醬藿, 富人之粱肉也, 貧人之絲麻, 富人之羅縠也. 擧天下之國, 莫如我國之貧者, 在我國, 雖但食有兼肉, 衣具數事, 猶奢耳非儉. 況其僭越汰濫之習, 只擧其大如右數條. 噫! 尙朴素, 斥華靡, 卽我先大王遺志, 而予小子所以夙夜念玆者也. 褻御之服, 常令屢澣, 燕居之室, 僅取容膝. 宮廚減蚤夜之膳, 女伶祛左右之隊, 凡係節財儉用, 罔敢或忽. 而奈之何志則勤而效愈閡, 經用不能當一年之用, 內需無以支數朔之需. 每攷販貿之簿, 輒致歲增而月衍, 或有營繕之工, 徒歎時詘而擧贏. 皂頭之庖晝未勘, 紫袖之箱衣不盈, 職由寡人躬行之方, 未得其衷耳.

─『홍재전서』 권49, 『책문』 2, 「사치奢侈」

초계문신에게 어떻게 사치를 금지할 것인지를 답변하라는 책문의 일부이다. 주제로 놓고 보면 사치가 만연한 풍속을 어떻게 바꿀 것인가를 묻는다. 도입부에는 당시 사치풍속의 일부를 거론하기도 한다. 그러나 실제 내용은 사치가 아니라 빈곤이다. 사치하고 싶어도 사치할 수 없는 빈곤이 글의 후반부를 장악한다. 백성은 말할 것도 없이 나라의 재정, 심지어는 왕실의 재정조차 고갈되어 큰일을 할 수 없다. 정조는 천하의 모든 나라 가운데 우리나라가 가장 가난하다고 선언한다. 이 책문의 뒷부분에는 세 번에 걸쳐 개탄하는 감탄사 '희嗚'가 쓰인다. 갈등과 분개의 심경에 착잡한 정조의 속내를 읽을 수 있다.

그런데 이런 진단을 내렸으면 재정의 확충과 경제력을 키우려고 노력해야지, 왜 사치를 금지하는 정책이나 물었을까? 때로는 정조가 정치적으로 대안이 부재한 것 아니었는지 의문이 들기도 한다.

군비가 소홀한 나라

우리나라의 무비(武備, 군비)는 근래 한층 소홀해져 백성은 북치는 소리를 듣지 못하고 병사는 앉았다 일어서는 절차도 모르는 채 하루하루 안일하게 세월만 보내고 있다. 병자호란 당시의 일을 생각한다면 임금과 신하 모두가 어떻게 이처럼 태연하게 지낼 수 있는가? 날은 저물고 갈 길은 멀다는 말씀은 성스러운 효종대왕께서 조정에서 탄식하신 것이고, 국경을 닫고 약속을 어기자는 말은 선정先正 송시열이 상소에서 여러 차례 진달進達한 말이다. 우리나라는 자그마한 접역(鰈域, 국토가 가자미처럼 생긴 나라)으로서 예의를 잘 지키는 나라이기에 세상에서 중화中華라고 일컬었다. 그러나 지금은 인심이 점점 구차한 안일에 젖어들고 대의가 갈수록

자취를 감추어, 북쪽으로 보내는 폐백을 예사로 여기고 수치스러워 하지 않는다. 여기에 생각이 미치면 어찌 한심하지 않으랴?

한漢나라 조정의 위의威儀를 다시 볼 길이 없고, 중국의 비린내를 씻어버릴 방법이 없다. 오로지 궁궐 북쪽 정원에 있는 작은 단에서 토산물을 바치는 정성을 표하기에 대명大明의 해와 달이 이 나라 한 곳만을 비출 뿐이다. 후세에 변명할 말은 있을 것이다. 더구나 이 해를 만나 효종 임금께서 이루지 못한 뜻을 우러러 생각하니, 참으로 강개하고 격앙한 심정을 견디지 못하겠다. 돌아보건대, 지금은 민력民力이 시들어 쇠잔하고 경비가 다하여 부족한 때이다. 굳이 먼 길을 행행行幸할 필요가 있겠는가마는 효종 임금께서 승하한 이 기해년을 만나 영릉寧陵에 다녀오지 않는다면 천리天理와 인정人情상 할 짓이겠는가? 그러나 각지의 고을에서 물자를 대려고 발생하는 폐단과 각 진영에서 어려움을 겪는 노고를 잠깐 사이라도 잊은 적이 없다.

上曰 "我國武備, 近益踈虞, 民不聞枹鼓之響, 兵不解坐作之節, 一日二日, 玩愒以度. 若念丙子時事, 君臣上下, 烏可若是恬嬉乎? 日暮途遠, 聖祖所以發歎於中朝也, 閉關絶約, 先正所以屢陳於上疏也. 我東以蕞爾鰈域, 粗知禮義之方, 世有中華之稱. 而今則, 人心漸至狃安, 大義轉益湮晦, 北走之皮幣, 看作常事, 不以爲恥. 思之及此, 寧不心寒? 漢官威儀, 不可復覩, 神州腥羶, 不可復掃. 惟此北苑尺壇, 略寓執壤之誠, 大明日月, 只照一區之邦, 庶可以有辭於後世. 矧當此年, 仰惟孝廟未就之志事, 不勝慷慨激昻也. 顧今民力凋殘, 經費匱乏之時, 豈必作遠道行幸? 而逢此己亥之歲, 不有寧陵之行, 則是豈天理人情之所可出乎? 然列邑供億之弊, 各營撼頓之勞, 何嘗食息暫忘也."

—『정조실록』, 정조 3년(1779) 8월 3일자 기사

1779년 8월 3일 남한산성에서 군대를 시찰하고 한 어록으로 『정조실록』과 『일성록』에 실려 있다. 기해己亥년은 효종이 죽은 지 120년째 되는 해로 두번째 갑자甲子가 시작되는 역사적 의의가 있는 해이다. 그래서 특별히 여주에 있는 효종의 능묘인 영릉에 가기로 결정했다. 상당한 비용이 들고 위험한 행사였음에도 남한산성을 거쳐서 다녀왔다. 청나라 군대에 인조가 치욕적으로 항복한 현장이기 때문이다.

그러나 정조가 확인한 것은 무력감과 암담함이었다. 기율이 없는 군사들의 모습을 보고 민력의 허약함을 개탄하고, 재정이 고갈되어 국방비가 없는 것을 염려하고 있다. 군사적 대비에 취약한 나라의 실상을 거듭 확인했기 때문이다. 취임한 지 4년째 되는 해의 일로 이후 정조는 국방에도 적지 않은 노력을 기울였고 상당한 성과도 있었다. 그러나 군비에 취약한 조선의 근본적 실정을 그로서도 바꾸지는 못했다.

6장

신하에게 이르는 말

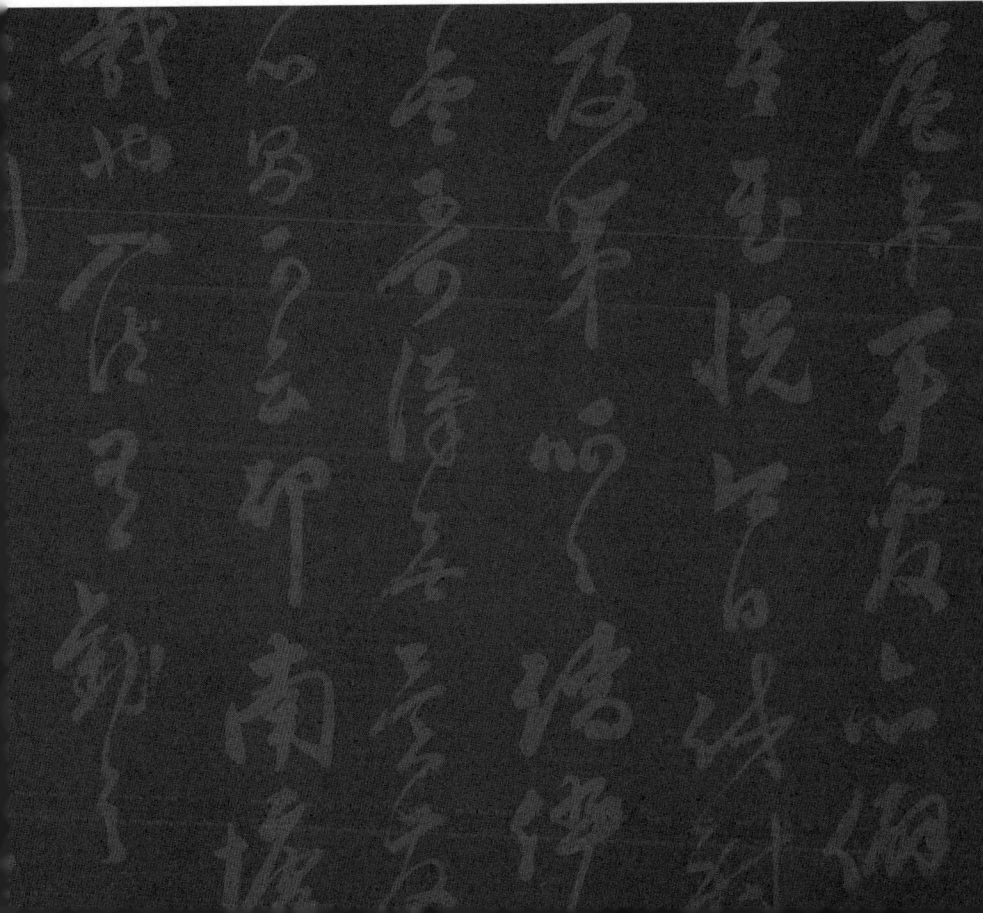

나라 사랑하기를
내 몸 사랑하듯이 하라

　상소의 내용을 잘 보았다. 그대는 지금 세상을 치세라고도 하지 못하고 난세라고도 하지 못한다고 했다. 내가 그대의 의중을 뒤집어봐도 지금 세상을 치세라고도 하지 못하고 난세라고도 하지 못하겠다. 내가 아무리 진정시키고 조정하여 치세를 이룩하고자 해도 그대들이 말썽거리를 만들고 흠집만 끄집어내어 기어코 난세를 조성하는 데야 어쩌겠는가? 그대가 또 병을 치료하듯이 나라를 치료하라고 했는데 정수리에 침을 놓는 것은 장년의 병에 써야지 노인의 기력에 써서는 안 된다. 약이 증세에 맞지 않으면 단지 병자의 죽음을 재촉하는 단서가 될 뿐이다. 나라의 병을 치료하는 것도 이와 무엇이 다르겠는가! 이제부터 그대들은 나라 사랑하기를 내 몸 사랑하듯이 하라!

省疏具悉, 爾以今之世謂不可謂治, 亦不可謂亂. 予乃反爾意, 又以
爲今之世不可謂治, 亦不可謂亂. 予雖欲鎭服調停, 期致于治, 而奈爾
等之軋揚抉摘, 必致于亂何哉? 爾又以治病取喩, 而予則曰囟門下針,
宜試壯年之病, 不當用於老人氣力. 藥非對證, 適足爲病者促死之端,
醫國亦奚异是. 繼自今爾等, 愛國如愛身也.

—『정조실록』, 정조 4년(1780) 3월 19일자 기사

17 80년 3월 19일자 실록에 실린 기사다. 심낙수가 상소를 올리자 정조가 이렇게 답을 내렸다. 상소는 막강한 권세를 쥐고 흔들던 권신 홍국영과 그 무리를 처단하라는 내용이었다. 그때 심낙수는 지금 시대가 치세라고 하기도 어렵지만 그렇다고 난세라고 하기도 어렵다는 묘한 말을 내뱉었다. 치세면 치세고 난세면 난세인데 왜 치세라고도 난세라고도 규정하지 못한다는 말일까? 권력을 농단하는 신하들이 판치는 것을 보면 치세가 아니지만, 그래도 그들을 제거할 능력 있는 군주가 있으므로 난세는 아니라는 논리였다. 정조는 그 논리가 마음에 들었으나 그의 대증요법에는 동의하지 않았다. 왜 그랬을까?

십여 일 전에 홍국영을 몰아내자는 결정적인 상소를 김종수가 올렸는데 그것은 사실 정조 자신이 쓴 것이었다. 모든 일이 정조의 의중에 따라 진행되었다. 그러므로 신하들이 말썽거리를 만들어내어 난세를 조성한다는 정조의 주장은 사실 적반하장이다. 권신을 '팽'시키는 데 신하들을 잘 활용한 셈이다. 누구든 국왕의 권위에 도전하면 그렇게 된다는 것을 보여준 것은 아닐까? "이제부터 그대들은 나라 사랑하기를 내 몸 사랑하듯이 하라!"는 마지막 말이 위협적으로 들린다.

동산별감

예전에는 궁중에 화훼花卉가 아주 많았다. 이른바 동산별감東山
別監이란 제도가 있어서 선혜청으로부터 자금을 받아 각종 공인貢
人들이 하듯이 화훼를 바쳐 장식하였다. 그런데 이를 빙자하여 일
으키는 폐단이 끝이 없어서 사대부 집이나 여염집을 막론하고 꽃
한 가지 나무 하나라도 조금 볼 만한 것이 있으면 제멋대로 거리
낌없이 빼앗았다. 내가 왕위에 오른 뒤로 화훼에 뜻을 둔 적이 없
어서 꽃을 바치는 일을 없애고자 했으나 그들의 생계도 아주 불
쌍했다. 그래서 옛 제도를 모양새만 남겨둔다는 취지로 가을 국
화와 여름 석류 화분을 조금 구매하여 놓도록 했다. 그리고 여염
에서 빼앗아 오는 폐단은 일절 금지하여 이제 이른바 동산별감은

이름만 남아 있을 뿐이다.

　내가 거처하는 궁 앞에는 석류 화분이 거의 백 개가 넘지만 열매가 얼마나 많이 열렸는지는 모르겠다. 예부터 동산별감이 있어서 선혜청으로부터 쌀을 지급받아 3월과 9월이면 화목을 사서 바쳤다. 그런데 이 무리들이 국가의 위세를 빙자하여 여염집을 뒤지되 염가로 강매하고 공개적으로 빼앗기도 하여 폐단이 적지 않았다. 대신에 민간의 화목이 곳곳에 숲을 이루긴 했다. 병신년 이후 내가 이 폐단을 혁파한 뒤로는 민간의 화목이 예전처럼 무성하지 않았다. 균역법을 행한 뒤로 물고기가 많이 들어오지 않는 일에 거의 가깝다. 지금 이 석류 화분도 공물 구입을 중단한 당시에 남는 재물이 있어 되는대로 사다가 놓은 것이다. 겨울에 보관했다가 봄에 꽃을 피웠다. 묵은 뿌리가 해를 넘기면서 수백 개이던 화분이 해마다 줄어들어 지금은 겨우 백여 개만 남았다.

舊時宮中花卉甚多, 有所謂東山別監者, 受貢惠廳, 進排花卉, 如各
樣貢人之例, 而憑藉作弊, 罔有紀極. 無論士夫閭閻之家, 凡一花一卉
之稍有可觀, 恣意攘奪, 無所顧忌. 自予御極之後, 未嘗留意於花卉. 非
不欲罷其貢物, 而渠輩生涯, 亦甚可矜, 故只以存羊之義, 秋菊夏榴若
干盆, 使之買置. 而閭巷掠取之弊, 一切禁斷, 所謂東山別監, 只有名號
而已.

—『홍재전서』 권169, 『일득록』 9, 「정사」

予所處堂前石榴, 殆過百盆, 而亦不知結實之多寡矣. 蓋古有東山別
監, 自惠廳給米作貢, 每當三九月, 貢獻花木. 而此輩依倚公家, 搜索閭
閻, 或廉價勒買, 或公肆橫奪, 爲弊不少, 而民間花木, 在在成林. 丙申
以後, 予革此弊, 而委巷間花木之盛, 反不如前云, 殆近於均役設而魚
不出矣. 今此盆榴, 亦於破貢之初, 略有剩財, 從便貿置, 冬藏春發, 舊
根經歲, 當初數百盆, 年年消縮, 今纔爲百餘盆矣.

—『승정원일기』, 정조 20년(1796) 6월 6일자 기사

정조 20년 6월 6일에 중희당重熙堂에서 대신들에게 한 말이다. 동산은 왕궁 동산인 금원을 말한다. 금원을 관리하는 기구가 동산색東山色이고, 금원의 나무와 화훼 따위를 관리하는 하급직 관리가 동산별감이다. 장원서掌苑署 소속으로 보통 아홉 명이 정원이었는데 조경과 원예 전문가라고 할 직책이었다. 동산별감은 미관말직이기는 하나 왕궁을 꾸미는 화훼와 나무를 조성하는 권한을 가졌기에 이를 빌미로 민간에 있는 좋은 화목을 반 강제적으로 가져갔다. 그 폐단을 싫어한 정조는 아예 이 직책을 없앨 생각까지 했으나 그들의 생계를 빼앗는 것이 싫어 권한을 대폭 줄여 명목만 남겨두었다. 그의 말대로 정조는 실제로 화목에 큰 관심을 두지 않았던 것으로 보인다.

하지만 역대 임금은 꼭 그렇지 않았다. 인조와 숙종이 각각 이시백과 홍만회의 저택에 있는 특이한 작약꽃과 종려나무를 부러워하여 동산별감을 보내 가져오게 했다. 대신들은 임금이 화목이나 좋아하면 나라의 불행이라 하여 그 자리에서 직접 화목을 없애버렸다는 사실이 여러 야사에 전한다. 정조는 권력을 이용한 하급관리의 부정을 증오했고, 작은 나랏일 하나에서도 금도를 잃지 않으려고 부단히 노력했다.

임금 찬양이 너무 심하다

한漢 광무제光武帝는 신하들이 봉사封事를 올릴 때 성聖스럽다는 말을 쓰지 못하도록 단단히 타일렀다. 내가 역사책을 읽다가 이 대목에 이를 때마다 우러러 찬탄하지 않은 적이 없었다. 근래 각 도에서 올린 장계狀啓를 보면 찬양하는 투가 풍조를 이루고 있다. 명령한 것에 대해 주제 외의 찬미하는 말이 편마다 이어지고 장마다 쌓여 허황한 수식이 너무 지나쳐서 도리어 실제의 정사를 덮어버린다. 광무제와 비교하면 과연 어떠한가? 이제부터 장계의 끝대목에서 찬양이 실상을 넘어선 것은 승정원에서 살펴 들여보내지 않도록 하라.

漢光武勅諸臣上封事, 毋得言聖. 予讀史至此, 未嘗不欽歎. 近見諸
道狀啓, 贊揚成風, 凡有命令, 題外頌美之辭, 聯篇累牘. 虛文旣過, 實
政反掩, 其視光武, 果何如哉? 自今狀啓跋辭之贊揚過實者, 自喉院察
推, 毋得捧入.

—『홍재전서』 권169, 『일득록』 9, 「정사」

17 97년 서용보가 『일득록』에 기록한 어록이다. 정조는 각 도에서 국왕에게 보고하는 장계 따위의 문서에서 도에 넘치게 임금을 찬양하는 버릇을 고치라고 명령했다. 문서마다 말하고자 하는 주제가 있어 임금을 찬양할 자리가 아닌데도 다들 생뚱맞고 낯간지럽게 임금님 찬양을 늘어놓고 있으니 찬양의 대상자가 보기에도 민망했던 모양이다. 담담하게 사실을 말하면 임금의 업적이 차분하게 드러날 것도 없지 않은데, 아무 데서나 찬양하는 자들 때문에 역으로 임금의 업적이 조작이라는 느낌을 갖도록 만들기도 한다.

정조는 영민한 사람이라 벼슬아치의 이런 작태를 오래전부터 거듭 지적했고 실제로 견책을 가하기도 했다. 이태 전 경상감사 이태영이 올린 장계가 임금의 경고에도 불구하고 도에 넘치게 찬양했다고 하여 감봉처분을 내린 일이 있다. 또 같은 해 10월에는 전라감사 이득신이 장계의 주제와 무관하게 찬양하는 말을 주절주절 늘어놓았다고 하여 추고한 일이 있다. 때와 장소도 가리지 못하고 버릇처럼 아부하는 사람들의 행태는 그때나 지금이나 그리고 앞으로도 변함이 없을 것이다. 그런 짓의 목적은 너무도 분명하다. 윗자리에 앉은 사람은 누구나, 버릇처럼 입에 발린 찬양을 내뱉는 사람을 조심해야 한다는 진실을 정조는 말하고 있다.

하지 않는 것이 있다

하지 않는 것이 있어야 사람은 기어코 큰일을 해내는 법이다.
이것이 면전에서 잘못을 따지는 사람 가운데서 절의를 위해 죽을
수 있는 자를 찾는 이유이다. 오늘날의 사대부 가운데 '하지 않는
것이 있다'는 유소불위有所不爲 네 글자를 부적처럼 차고 다니는 자
가 있다면 반드시 의지할 만한 신하가 될 것이다.

人必有所不爲而後, 能有所爲. 此所以求伏節死義之士於犯顔諫諍之
中也. 今之士大夫, 有能以有所不爲, 佩爲四字符者, 是必爲可恃之臣.

—『홍재전서』 권173, 『일득록』 13, 「인물」

서영보가 1792년에 듣고서 『일득록』에 기록한 내용이다. '하지 않는 것이 있다'는 의미의 유소불위有所不爲란 말은 본래 공자와 맹자가 한 말이다. 무엇을 하지 않는다는 말인가? 국가와 국민을 위한 일을 하는 자는 사리사욕을 챙기거나 파렴치한 짓거리를 행하지 않는다는 말이다. 큰일을 하는 사람이라면 그에 따르는 명예와 지위가 주어지기 때문에 구차하게 제 몫을 챙기지 않는 금도가 있어야 함을 강조한 것이다. 정조는 신하들에게 이 같은 태도를 요구했다. "사대부는 하지 않는 것이 있어야 국사를 행할 수 있다"고도 했고, "하지 않는 것이 있어야 능히 하는 것이 있고, 하지 않으려는 것이 있어야 비로소 하려는 것이 있다"고도 했다. 고위직을 맡은 자가 권력을 이용해 비리를 저지르는 행위를 염려하고 미워하고 금지하려는 강한 의도를 엿볼 수 있다.

요사이 인사 청문 대상자들을 보면 정조의 생각은 구태의연한 것처럼 보인다. 고위직을 맡으려면 불법도 가끔 저지르고, 지위를 이용해 배도 채우고, 군대도 요령껏 빠지고, 논문도 슬쩍 표절하는 등, 하는 것이 많아야 기어코 큰일을 해내고 국사를 맡을 수 있는 것 아닌지 착각이 들 정도이다. 그렇게 하는 것이 있어야 탁월한 능력의 소유자임이 드러나고, 더 큰 이익을 얻을 수 있는 큰 권력을 손아귀에 쥐는 것 아닌지 의아할 정도이다. '하지 않는 것이 있어야 한다'는 말을 '가능한 한 하는 것이 많아야 한다'는 말로 바꿔 고위공직을 꿈꾸는 다음 세대를 교육해야 하는 시대가 도래한 것 아닐까? 아마도 정조라면 그런 염려를 했을 법하다.

작은 것부터 따져야 한다

발본색원抜本塞源하는 길이 큰 것을 앞세우고 실질에 힘쓰는 데
있다는 것쯤은 잘 안다. 그런데 일의 성격에 따라 힘을 들이는 방
법을 강구하자면 작은 것을 소홀히 하고 형식을 무시할 수 있겠
는가? 작은 것을 거쳐 큰 것에 나아갈 수 있고, 형식을 통해 실질
에 도달할 수 있다. 이것이 과인이 작은 것이나 살피고 형식에나
치중한다는 혐의를 받으면서도 눈앞에 닥친 일부터 해나가려는
까닭이다. 그러나 일은 마음과는 어긋나고 정치는 뜻대로 되지
않아 실천을 확산시키지 못했고, 관습은 아직도 예전과 같다. 크
고 실질적인 것은 말할 나위도 없고, 미세한 일을 살피고 형식을
갖추는 것조차도 제대로 하지 못했다. 그렇다면 경의 말도 절반
은 맞고 절반은 틀린 셈이다.

固知拔本塞源之道, 宜乎先其大而懋其實. 若論隨事著力之方, 亦豈
忽於小而略於文哉? 由小而可進於大, 因文而可達於實, 此寡人所以不
避察小文飾之嫌, 而只欲從面前事做將去者. 然而事多違心, 治不倿志,
躬行未有所推, 俗習猶夫前日. 則大且實者, 卽無論, 細微之能察, 儀文
之能飾, 亦不可謂云爾耳矣. 然則卿言亦不免得其半而失其半矣.

─『홍재전서』권42,

「규장각 제학 김종수가 올린 고사故事에 대한 비답奎章閣提學金鍾秀所進故事批」

17 81년 4월 7일 김종수는 6개 조항의 글을 국왕에게 바쳐 군주는 어떠한 태도를 지녀야 하는지 주장했다. 그에 대해 정조는 소견을 장황하게 밝혔다. 김종수는 정치에는 누이 좋고 매부 좋은 일이 없으므로 이것과 저것 사이에서 양자택일할 수밖에 없다고 했다. 그러면서 국왕이 작은 것을 각박하게 챙기느라 큰일은 소홀히 하고, 형식에 신경을 쓰느라 실질은 놓치는 경향이 있다고 지적하였다. 정조의 통치스타일을 정면으로 부정한 것이다. 정조는 그의 비판에 직면하여 우선 큰 것만 챙기고 실질만 숭상하는 태도가 옳다는 것쯤은 자신도 모르지 않다고 전제를 달았다. 그럼에도 불구하고 작은 일부터 챙기고, 형식적인 부분을 정비하는 데 노력하지 않을 수 없는 이유를 댔다.

실제로 정조는 다른 국왕에 비해 상대적으로 신하들의 사소한 행동까지 문제 삼고, 국정의 자그마한 부분까지도 신경을 썼다. 아무래도 신료들로서는 거북할 수밖에 없었다. 하지만 정조는 국가에서 기초가 제대로 자리잡혀 있지 않으면 큰일도 이룰 수 없고, 형식을 탄탄하게 마련하지 않으면 실질적인 일을 할 수 없다며 자신이 옳다고 했다. 그로서는 태도가 문제가 아니라 작은 것도 제대로 챙기지 못하는 것이 걱정이었다. 정조의 발언은 정치가와 관료에게 작은 것부터 챙기고, 형식부터 갖추라는 메시지를 지금 시대까지 전해준다.

함께 목욕하고
벌거숭이라고 비웃다

입을 다물고 말하지 않는 폐단을 그대가 실컷 비난했는데 그 말이 모두 명백하다. 그런데 어째서 풍습을 따라 남을 흉내내는 이 따위 버릇을 근일의 일에 슬그머니 끼워넣고는 함께 목욕하면서 남을 벌거숭이라고 비웃는 짓을 하는가? 옛날에는 이른바 남을 징계·성토하고 제방陽防하는 일에 관해서는 충직한 자만이 감히 말을 꺼냈다. 지금은 지극히 나약하고 전혀 각을 세우지 못한 놈들이 남의 잘못을 들춰내어 경질시키는 짓거리에나 관심을 두고 있다. 그 놈들의 말을 들어보면 비교할 상대가 없을 만큼 모질다. 그러나 그밖의 시정時政이나 일반 관료에 조금이라도 관련된 일은 토란을 씹고 대추를 삼켰는지 말을 하지 않는다.

그러자 징계·성토는 징계·성토가 아니라 헐뜯고 아첨하는 자들이 출세하는 교묘한 수단이 되었고, 제방은 제방이 아니라 약빠르고 날쌘 자들이 남의 뺨을 올려붙이는 졸렬한 꾀가 되었다. 이 풍속을 크게 바꾸고 확 쓸어버리기 전에는 상소가 날마다 쌓여 간혹 자갈 무더기 속에 부스러기 금가루가 있을지라도 이는 단지 가라지(강아지풀) 밭의 벼 싹인 셈이고 자주색이 붉은색을 어지럽히는 꼴이다. 끝내는 음양과 흑백이 뒤섞여 선비의 기상을 신장시키고 강직한 소리를 떨치게 하여 언로諺路에 조금도 보탬이 되지 못할 것이다. 그대는 사직하지 말고 직무를 살피도록 하라.

爾之盛言緘默之弊者, 言皆明白, 而何乃隨俗爲此效嚬之習於近日事, 隱暎挿入, 自歸於同浴譏裸乎? 古之所謂懲討隄防, 惟忠鯁者敢言之, 今也至疲軟最沒摸棱, 關心於推考遞差者流, 聽其言, 則峻極無與爲比, 外此稍涉於時政官師, 無不嚼芋呑棄. 於是乎懲討非懲討, 爲讒諂者媒身之工謀, 隄防非隄防, 爲輕儇者批頰之拙計. 這箇俗習, 丕變廓淸之前, 公車之日積, 而間雖有堆礫中零金, 特是莠之苗, 紫於朱. 終恐陰陽白黑之混, 而無足以張士氣而振直聲, 爲毫分裨助於言路. 爾其勿辭察職!

—『홍재전서』 권46,

『비답』5, 「대사간 유한녕兪漢寧이 진계陳戒한 상소에 대한 비답大司諫兪漢寧陳戒疏批」

1800년 3월 5일 대사간 유한녕이 올린 상소에 정조가 답변한 내용이다. 같은 해 2월 3일 정치적으로 금고되었던 조영순과 이재간을 사면하자 신하들이 벌떼처럼 일어나 반대 상소를 올렸다. 그러자 정조는 사흘 뒤 상소 금지령을 내렸다.

그때 대사간이 언로를 막지 말고 자신을 파면하라는 상소를 올리자 이렇게 답변했다. 그런데 이 답변은 지금 읽어봐도 상당히 거칠고 공격적이다. 언로를 터서 누구나 정치를 논하라고 했으나 상소에서 한다는 말이 정조가 보기엔 가관이다. 상소를 남을 거꾸러뜨리고 상대의 뺨을 후려쳐서 입신출세하는 간교한 도구로 악용하는 짓을 조정 관료들 가운데 안 하는 자가 없다. 강직하고 깨끗한 자가 제대로 비판도 하고 상소도 하는 것인데, 남들이 한다고 들으면 아무나 마구 덤벼들어 더 큰소리로 떠든다. 상대를 욕할 주제도 아닌 자들이 더하다. 그런 자들을 향해 정조는 '함께 목욕하면서 남을 벌거숭이라고 비웃는 짓[同浴譏裸]'이라며 비아냥거렸다. 관료 전체와의 과감한 충돌도 마다하지 않는 모습이다.

풍년든 해의 백성은 게으르다

정월 초하룻날 교서를 내리지 않은 해가 없었으나 올해 이날은 내 마음이 더욱 간절하다. 지난 가을 조금 풍년이 들어 백성의 식량이 약간 넉넉해졌기에 내가 밤낮 걱정할 일이 조금 줄었다고 할 수 있다. 그러나 불안한 생각은 기근이 든 해보다도 도리어 더 심하다. 아! 팔도의 어진 수령들이 내 이 마음을 알겠는가? 대개 인정이란 조금만 편안하면 소홀해지기 쉽다. 옛 말에 '척박한 땅의 백성은 부지런하고 기름진 땅의 백성은 게으르다'고 했는데, 나는 '풍년든 해의 백성은 게으르다'고 말하겠다. 저 어리석은 사람들이 부지런한 것이 이롭고 게으른 것이 해롭다는 것을 어떻게 알겠는가? 어떻게 권하느냐에 달려 있을 뿐이다.

三元之日, 十行之綸, 槪無歲無之, 而今歲此日, 予意尤有切焉. 昨秋
稍熟, 民食粗裕, 或可以少寬, 予宵旰之憂, 而憧憧一念, 反有甚於歲饑
之時. 嗟! 我八路良長吏, 能知予此心否耶? 蓋常人之情, 易忽於少逸.
古語曰'瘠土之民, 勞, 沃土之民, 逸.'予則曰'豊年之民, 亦逸也.'彼
蚩蚩者, 安知勞逸之利與害? 唯在勸不勸如何耳.

—『정조실록』, 정조 9년(1785) 1월 1일자 기사

17 85년 1월 1일 정조가 전국에 내린 윤음이다. 해마다 정월 초하루면 거르는 일 한 번 없이 정조는 교서를 내렸는데 거의 대부분 한 해 농사를 열심히 하라고 권하는 내용이 많았다. 1785년에도 마찬가지였다. 그런데 이 해에는 내용이 색달랐다. 지난해 약간 풍년이 들었기 때문에 훨씬 더 걱정이 크다는, 얼핏 들으면 이상한 말씀이었다. 정조는 팔도의 지방관이 그렇게 걱정하는 자신의 속내를 알겠느냐고 반문했다. 그 이유가 무엇일까? 지난해 든 풍년이 지방관과 백성들을 자만과 나태함으로 이끌지도 모른다는 불안감이었다. 인간의 심리와 행태를 꿰뚫어보고 그러한 결론을 내렸다.

정조의 혜안은 '척박한 땅의 백성은 부지런하고 기름진 땅의 백성은 게으르다'는 옛 말을 패러디하여 '풍년든 해의 백성은 게으르다'고 단언하기에 이르렀다. 정조의 교서는 현재 대통령이 연초에 국회에서 발표하는 연두교서와 같은 의의를 지녔다. 이 연두교서를 읽다 보면, 오늘날 한국 대통령도 비슷한 취지의 연두교서를 내려야 하지 않을까 염려스럽다. 세계적 경제위기에서 지난 1년 상대적으로 나은 회복상태를 보였다고 해서 어깨를 우쭐거리고 목소리에 교만기가 담긴다면 '풍년든 해의 백성은 게으르다'는 우려가 현실화될지도 모른다고 정조는 충고하는 듯하다.

오늘 벌어진 일은
옛 사람이 일찍이 겪었다

세상 고금古今의 일들은 서로 다른 것으로 보자면 한도 끝도 없지만 그 이면에는 서로 비슷한 데가 없을 수 없다. 사람의 천성과 감정이 같기 때문이고, 시대의 흐름이 올라가고 내려가는 추세가 대충 비슷하기 때문이다. 따라서 잘 살펴보면 오늘 벌어진 일이 옛 사람이 일찍이 겪었던 일이고, 옛 사람이 한 말은 지금도 주의 깊게 살펴보아야 할 것들이다. 그래서 나는 이 책을 읽을 때마다 그분들이 한 말이 좋아서 그분들을 그리워했고, 그분들을 그리워하면 할수록 그분들이 한 말을 더욱더 소중히 여겼다. 비록 그분들과 시대를 함께 살지는 못했어도 마치 아침저녁으로 좌우에 함께 있는 느낌이 들었다.

그렇다고는 해도 책으로 보는 것은 직접 말로 듣느니만 못하다. 왜냐하면 지금 사람이 지금 일어난 일을 말하면 그 이해득실이 손가락으로 가리키는 사이에 자세하게 나타나고, 그의 성의와 정신이 움직이는 태도에서 잘 드러나서, 이른바 그 사람은 이미 죽고 없어 남은 것이라곤 찌꺼기뿐인 것과는 비교할 거리가 아니기 때문이다. 그래서 군자는 제 아무리 먼 옛날의 벗을 소중히 여기더라도 반드시 가까운 곳에서 세 명의 벗을 찾았다. 당唐 태종太宗이 위징魏徵을 거울로 삼은 결과가 과거의 일을 거울삼은 것보다 나았던 이유도 실제로는 여기에 있다. 내가 옛 사람들과 같은 시대를 살지 않는 것만 안타까워하고 동시대에 제대로 된 사람이 없다고 말해서야 되겠는가?

大抵天下古今之事, 變雖無窮, 而亦未有不相近者. 誠以人之性情同其用, 而世級之汙隆, 略相似也. 故善觀之, 則今日之事, 未始非古人之所嘗經, 而古人之言, 未始非今日之所當察也. 是以予每讀此書, 輒嘉其言而慕其人, 慕其人而益重其言. 雖不得同時, 而若與之朝夕左右也. 雖然, 得之於書, 不若聽之於言. 蓋以今日之人, 言今日之事, 則利害得失, 詳切於指畫之間, 誠意精神, 流通於俯仰之際, 非比所謂其人已死, 而所存者糟粕已也. 故君子雖貴乎尚友, 而必求三益, 唐宗以魏徵爲鑑, 其功賢於鑑古者, 良以此也. 予豈徒恨古人之不同時, 而謂同時無其人乎?

—『홍재전서』권8,「명신주의요략서名臣奏議要略序」

『**홍**재전서』를 읽어가다 이 대목에서 눈이 멈췄다. 막강한 제왕의 권력을 손아귀에 쥐고서도 지나간 역사 앞에서 겸손하고 옛 사람의 경험에서 하나라도 배우고자하는 마음 씀씀이와 태도가 느껴졌다. 정조의 말 그대로다. 잘 살펴보면 지금 벌어지는 일들이 옛 사람이 겪었던 일이다.

그대들이여, 지금 살아 있고, 지금 권력을 쥐고 있다고 해서 오만을 떨지 마라! 옛 명신名臣들의 충정을 담은 글을 보면, 때가 다르고 나라가 달라도 내 나태함을 일깨우는 정신과 귀기울여 들을 만한 방책이 숨어 있다. 물론 현재의 신료를 무시하지는 않았다. 책을 읽노라면 마치 아침저녁으로 바로 옆에 앉아 내게 조언하는 듯하다.

1783년 10월 김종수가 16권으로 편찬한 『역대명신주의』의 서문을 쓰는 자리에서 정조가 고백하듯이 한 말이다. 신하가 엮은 책에 임금이 서문을 써서 그 의의를 밝혔다. 이 책은 중국과 조선의 신하들이 군주에게 정책을 제안한 글을 뽑아 엮었다. 과거의 경험이 현재와 미래를 설계하는 데 크게 영향을 미치지 않는 시대에 정조가 한 말은 되새겨볼 가치가 있다.

의지가 문제다

　　관아의 이름이 살아 있고 관원이 갖춰져 있기는 해도 그 실상
을 들여다보고 실적을 따져보면 현재의 학사學士들이 옛 학사들만
못하다. 이유가 어디에 있을까? 아! 문치文治를 펼치지 못한 것은
분명 내 책임이나 학사들 입장에서도 수치가 아닐 수 없다. 이에
대해 남들은 다들 재주 탓을 하는데 나는 재주보다 의지가 문제
라고 본다. 의지만 확고하면 재주는 뒤따라오기 마련이다. 정녕
힘껏 노력한다면 왜 옛 사람을 못 따라가겠는가? 인생을 즐기는
데 빠져 학업을 폐하고, 일을 남에게 떠넘기고서 편한 것만 추구
하면서 걸핏하면 재주가 없다고 핑계를 댄다. 그것이 정말 재주
탓이겠는가! 이야말로 의지가 문제이다.

의지가 문제이고 실상과 실적에 의지를 두었다면 이『홍문관
지弘文館志』를 참고 삼아 따라서 행하면 될 것이다. 서로 더불어 노
력하지 않아서야 되겠는가!

　雖然, 名猶存也, 官猶備也, 而求其實, 攷其績, 則今之學士, 不若古
之學士, 何也? 噫! 文治之不弘, 固予責也. 抑豈不爲諸學士羞歟? 人皆
責才, 予則責志, 志立則才及之矣. 苟能勉强而行之, 奚古之不逮, 荒嬉
而廢業, 退托而圖便, 輒諉之曰不才, 豈眞才之罪哉? 是固在志, 如其志
志乎實, 志乎績, 則斯志也可按而行, 盍相與勉之!

―『홍재전서』 권8,「홍문관지서弘文館志序」

17 84년 정조 8년에 정조는 홍문관의 제도를 종합적으로 정리한 『홍문관지』를 편찬시켰다. 편찬자는 이노춘이었다. 책이 완성되자 정조가 직접 서문을 써서 간행했다. 홍문관은 궁중의 경서와 사적을 관리하고 학술과 문화를 담당하며 국왕에게 자문하는 기관으로서 '옥당'이라 불렸는데 문신들이 가장 영예롭게 여기는 부서였다. 그런데 정조는 인재들의 산실인 홍문관의 빛나는 역사와 영예를 말하기는커녕 오히려 그 실상과 실적을 거론하며 현재의 학사들이 옛 학사만 못하고, 내실이 없다고 평가했다. 그런 현상에 대해 국왕도 책임이 있으나 관원들은 수치심을 느껴야 한다고 하며 노력할 것을 채근했다.

인재의 재주가 옛날보다 못하다는 이유가 자연스럽게 대두할 수 있다. 그러나 정조는 문제는 재주에 있지 않고 의지에 있다고 다잡았다. 한 나라의 엘리트 관원이라면 인생을 즐기고 남에게 일을 맡기면서 할 일을 하지 않고 편안함을 추구해서는 안 된다고 생각한 것이다. 확고한 의지만 세운다면 능력은 뒷받침된다. 그렇다. 문제는 재주가 아니라 의지다.

10

正
祖

대동의 길로 나가자

과인이 세손으로 있을 때부터 당쟁의 폐단을 깊이 알고 있어서 선악을 뒤섞어 놓거나 옳고 그름을 동일하게 처리하는 것으로 탕평책의 귀결을 삼아서는 결코 안 된다고 생각했다. 근래 척리(戚里, 임금의 내척과 외척)의 폐해는 영원히 제거되고 세도(世道)의 근심은 조금 덜었으나 이 한 가지 일만은 실로 마무리 짓지 못한 문제로 남아 있다. 이제부터 나를 섬기는 조정의 신하들은 이 당이다 저 당이다 하지 말고, 또 느슨한 주장이다 준엄한 주장이다 하지 말라! 일체 예전 폐습을 씻어버리고 다함께 대동(大同)의 길로 나아가 나라와 더불어 기쁨과 정의를 나누도록 하라.

내가 보건대, 조정에는 옛날부터 나그네 같은 신하임을 자처하고 나랏일을 맡으려 하지 않은 자들이 있었는데 이 무슨 일인가? 만약 충성하려는 마음을 가진 선비가 정녕코 나라를 사랑하는 정성을 지녔다면 사소하게 색목(色目, 사색 당파의 이름)이 나뉜다 하여 스스로 경계를 긋고서 충성을 바칠 길을 생각하지 않을 수 있겠는가?

아! 조정에서 큰 띠를 드리우고 홀(笏)을 꽂은 자들은 우리 선대왕 및 나 과인을 섬기는 신하들이다. 대대로 녹을 먹게 했고, 큰 집안을 만들어주었으므로 은혜가 깊을 뿐만 아니라 의리도 무겁다. 비록 집안에서 고수하는 의리가 있다 해도 어찌 차마 임금이 주는 녹을 먹고 임금이 주는 옷을 입고서 그 임금의 마음을 생각하지 않는단 말인가? 더구나 지금은 저 당이나 이 당에서 각각 역적의 난을 일으켜 지난번에 말한 것처럼 하지 않았던가? 어제 천 가지 만 가지로 깊이 깨우쳤으므로 경들이 잘 알아들었을 텐데도 이렇게 신신당부하기를 마지않는 것은 진실로 나라가 흥하고 망하는 기틀이 이 한 가지 일에 달려 있고, 힘을 써서 효과를 거두기가 지금이 전보다는 쉽기 때문이다.

이제부터 나는 기용하고 내칠 때 당파와 색목 두 단어를 먼저 마음에 새겨두지 않고 오로지 그 사람됨만을 보아 어진 이를 기용하고 모자란 이를 내칠 것이다. 아! 대소 신료들도 이 두 단어를 마음에 싹틔워 입에 올리지 말라. 경들이 나를 도와 이룬 결과는 인사를 먼저 살펴보면 알 것이다. 마음을 드러내 말하노니 다시 말하지 않겠다.

寡人自在春宮, 深知此弊, 竊自以爲決不可以混善惡·同是非, 爲蕩
平之歸矣. 近者, 戚里之害永除, 世道之憂少紆, 而惟此一事, 實爲未勘
之案. 從今以後, 凡玆事我廷臣, 無曰此黨彼黨, 無曰緩論峻論, 一切滌
去舊習, 咸造大同之域, 與國家匹休共貞. 予見於朝廷, 古或有自處以
覊旅之臣, 亦不欲擔當國事者, 何哉? 誠使忠志之士, 眞有愛國之誠, 其
肯以些少色目之分, 自限於畛域, 不思所以報效之道乎? 噫! 彼在廷垂
紳搢笏者, 無非臣事我先大王曁予寡人者也. 世祿我, 喬木我, 恩旣深
矣, 義亦重矣. 雖有家庭膠守之論, 豈忍食君之祿, 衣君之衣, 不思其君
之心乎? 況今彼此之黨, 各生亂逆, 又如向所云者乎? 昨日洞諭千緖萬
端, 卿等庶或諦聽而斷斷不已者, 誠以國家興亡之機, 在此一事, 而其
所用力而責效, 又易於近日之前也. 自今予當於用舍之際, 不以黨目二
字先著胷中, 惟其人是視, 用賢而捨不肖. 咨大小臣僚, 亦勿以二字萌
於心而發諸口, 卿等協贊之成效, 當先觀政注而知之, 敷心而諭, 予言
不再.

　　　—『홍재전서』권30, 「조정 신하들에게 당파를 제거하라고 신칙하는 하교廷臣祛黨申飭敎」

즉 위한 해인 1776년 9월 22일과 24일에 걸쳐 정조는 작심하고 서 신하들에게 교서를 내렸다. 탕평책을 써서 당파를 제거하고 모든 정파에서 인재를 고루 등용하겠다는 의지를 천명하였다. 그동안 권력을 휘두르던 외척세력을 어느 정도 척결하였다고 보고 이제는 노론과 소론, 남인의 당파까지 무력화하려고 시도하였다. 이것이 새로 국왕이 되어 통치하려고 할 때 마지막 남은 문제라고 인식하고 국왕을 중심으로 대동하자고 권유하고, 색목이라는 말을 아예 입에 올리지도 말라고 지시하였다.

국왕이 되어 당파를 무력화하려는 것은 당연하다. 그런데 신료들은 겉으로는 모두 찬동하였으나 실제로는 전혀 그렇지 않았다. 이후에도 여러 차례에 걸쳐 당파를 무력화시키려는 노력을 기울였으나 당파는 더 복잡한 국면으로 진행되어 시파와 벽파로 재편되었다. 당파의 세력을 조정하는 데 정치력을 낭비하는 전철을 정조도 벗어나지 못했다. 대동하자는 정조의 지시는 구호에 불과하였다.

멀리서 봄꽃이 피고 질 때

어느 날 가마가 금원을 지나갔다. 그때 동산에는 꽃들이 한창 만발했고, 새벽비가 막 지나간 뒤라 아침 안개가 옅게 깔려 있었다. 임금께서 근신近臣을 돌아보시고 말씀하셨다.

"봄에 만물이 처음 소생할 때에는 지극한 이치를 볼 수 있다. 꽃봉오리가 아직 맺히지 않아 빛깔과 형상이 다 갖추어지지 않았으나 생명의 의지는 그래도 그 속에 들어 있다. 우리 사람으로 치자면 감정이 아직 움직이지 않았을 때이다. 꽃잎이 비로소 열리면 홍색과 자줏빛이 나뉘어 나무마다 각각의 꽃을 피운다. 사람으로 치자면 마음이 움직인 뒤의 기상이다. 안개가 꽃을 뒤덮어 꽃이 안개 속에 있을 때 안개 밖에서 꽃을 보면 희미하여 분간할

수가 없다. 그러나 바짝 다가서서 보면 또렷하게 꽃이 보인다. 안개가 걷히고 꽃이 드러나면 꽃은 본래 그 자리에서 전과 다름없이 제 모습을 드러내고 있다. 여기에서 비록 세상의 때가 묻어 더럽혀졌다고 해도 본성 자체에는 회복될 가능성이 있음을 알 수 있지 않은가? 멀리서 온갖 꽃들이 피고 질 때 가까이 마음에서는 고요하게 느낌이 인다. 어디를 가든 이러한 이치가 아님이 없나니, 모름지기 몸소 깨달아야 한다."

嘗輦過苑中, 時苑花方盛開, 曉雨新過, 朝霞淡抹. 顧謂近臣曰 "春物初敷, 至理可見, 花之蓓蕾未動, 色相俱空, 而生意却在其中, 則卽吾人未發底時節也. 瓣蕊纔開, 紅紫已分, 而一樹各具一花, 則卽此心已發後氣象也. 方其霧羃花外, 花在霧中, 自霧外看花, 則依微若不可辨焉, 就花上看花, 則的歷有不可掩者. 及霧收花出, 而花固自在, 依舊是花本色矣. 此可見物累雖蔽, 而性自有可復之理者耶! 遠而百花開落, 近則一心寂感, 無適而非此理, 須皆體認也."

—『홍재전서』 권161, 『일득록』 1, 「문학」

17 83년 김재찬金載瓚이 기록한 정조의 어록이다. 우연히 봄날 금원을 지나가다 만발한 꽃을 보고 난 뒤 느낀 감회를 가까운 신하들에게 말했다. 정조는 꽃봉오리가 꽃으로 활짝 피는 과정을 보면서 인간의 마음에 감정이 싹트는 이치를 추론하고, 안개에 묻혀 보이지 않던 꽃이 안개가 걷히고 제 모습을 환하게 드러내는 과정을 보면서 물욕에 더럽혀진 인간의 착한 본성이 제 모습을 찾는 이치를 생각한다.

너무 작위적인 발상이라고 할지 모르겠으나 이 어록에서 정조의 간절한 소망을 읽고 싶다. 정치인과 관료의 마음을 뒤덮고 있는 저 더러운 꺼풀이 벗겨지는 것을 정조는 꿈꾼 것이 아닐까? 멀리서 꽃들이 피고 질 때 심장에서도 조용히 느낌이 일어나지 않는다면 너무 때가 묻은 것이 아닌지 자문해봐야 할 일이다.

분발하고 용맹정진하라

正
祖

무릇 정치는 분발함을 앞세우고 학문은 용맹정진함을 귀하게 여긴다. 정치를 하자면 분발한 뒤에야 융성한 교화를 이룰 수 있고, 학문을 하자면 용감하게 정진한 다음에야 인재를 양성한 효과를 거둘 수 있다. 근세 이후로는 고식적인 태도가 습관으로 굳어졌다. 정치하는 자는 모두 늘어지고 게을러져 문제가 생기면 임시방편으로 틀어막느라고 세월만 보내고, 학문하는 자는 자포자기에 안주하여 그럭저럭 시간만 보낸다. 생각의 틀이 구차하여 크고 장구한 계획이 없고, 기상이 나약하여 분발하고 추진하는 의지가 부족하다. 대개는 명예와 이욕의 수렁에 빠져 허우적대느라 덕망과 학업에 바탕한 공부에 정진하지 못한다. 이러고서 어떻게 융성한 시대를 만들고 인재를 양성하는 효과를 바라겠는가? 이것이 정자程子가 좋은 정치가 없고 진정한 학자가 없다고 개탄한 까닭이다.

근래에 들어 폐단은 더욱 깊어져 문인이고 무인이고 편하게 즐기는 데 젖어 기강이 해이해질대로 해이해져 있다. 백성을 구제할 정치를 강구하고 싶어도 수레바퀴 자국에 괸 물에서 파닥대는 붕어의 다급함을 생각할 줄 모르고, 어진 정치를 행하는 방법을 힘쓰고 싶어도 남의 닭을 훔쳐 먹으면서 아직은 기다리라는 식이다. 아침에는 저녁을 계획할 줄 모르고 구차한 안일만 일삼으니, 정치가 융성해질 수 없다. 대학에는 몸가짐을 단속하는 선비가 적고, 시골에는 독서하는 사람이 아주 적다. 의리를 강론하자니 창을 들고 따라 들어오려는 의지를 보이지 않고, 행실은 무너져 세상 되어가는 추세나 뒤좇는 병폐만 있다. 벌떡 일어나 해볼 생각은 하지 않고 홀로 궁벽한 집에서 비탄만 내뱉고 있으니 학문이 흥성하지 않는다.

시대가 말세라 성인으로부터 멀어져 성인의 말이 들리지 않아서 그런가? 아니면 정치를 하고 학문을 흥성하게 하는 요령을 얻지 못해 그런가? 이제 한번 분위기를 다잡아 지치至治에 이르게 하고 한번 분발하여 도에 이르고자 한다면, 그 방법은 어디에 있는가? 그대 대부들은 틀림없이 마음속에 옳고 그름이 있을 것이니 제각기 글로 쓰라! 내 친히 열람하리라.

大抵治先振發, 學貴勇進. 爲治而振發, 然後可躋郅隆之化矣, 爲學而勇進, 然後可致作成之效矣. 叔季以來, 姑息成習. 爲治則擧皆嬎惰, 架漏度日, 爲學則安此暴棄, 因循過時. 規模苟且, 無宏遠之謨, 氣質委靡, 乏奮勵之志. 率多陷溺於名利中科臼, 而莫或振作於德業上工夫, 如是而尙可望郅隆作成之效乎? 此程夫子所以有無善治無眞儒之歎. 而挽近以來, 爲弊益深, 文武習於恬嬉, 紀綱任其頹弛. 欲講救民之政, 則罔念涸鮒之甚急, 欲勉行仁之術, 則殆同攘雞之姑待. 朝不謀夕, 苟安爲事, 而治不隆矣. 賢關少飭躬之士, 巖穴尟讀書之人, 講義理則無操戈入室之志, 壞行檢則有隨流逐浪之患. 未嘗從脚下做起, 竟不免悲歎窮廬, 而學不興矣. 豈世降俗末, 聖遠言湮而然歟? 抑爲治興學之方, 未得其要而然歟? 今欲一挽而至於至治, 一蹴而至於至道, 則其術安在? 子大夫必有涇渭于中, 其各悉著于篇, 予將親覽焉.

—『홍재전서』 권49, 『책문』 2, 「고식姑息 각신과 승지의 응제應製」

내각과 승정원의 관료들에게 내린 책문의 일부다. 큰 틀의 새로운 사고와 웅장한 계획을 마련하지 못하고 그저 현실에만 안주하여 시간을 보내는 관료와 지식인들의 분발을 촉구하고 어떻게 하면 분위기를 일신할 수 있는지 방안을 강구하라고 지시했다.

정조가 화살을 돌린 대상은 정치에 종사하는 관료와 지식인들로 국가와 사회를 이끌어가는 두 축이다. 그들이 의지도 없고 나약하다. 그저 주어진 현실에 안주하여 즐길 뿐이다. 이래서는 융성한 시대를 만드는 것도 진정한 학자도 기대할 수 없다. 이런 현실을 한마디로 표현한다면 '고식'이다. 우선 당장에는 탈이 없으므로 편안하게 지낸다는 것을 의미하는 이 고식이야말로 현재 사회를 이끄는 집단의 큰 문제라고 정조는 진단했다.

정조는 등극 이래로 자주 이 문제를 언급했다. "큰일을 하지 못하고 큰 공적을 세우지 못하는 이유는 잘못이 다른 데 있지 않고 고식 두 글자에 있다"고도 했다. 고식이란 기준으로 보자면 어느 시대 어느 누구든 비판의 대상이 될 수 있다. 우리 시대 바로 지금도 정조가 말한 개탄의 정확한 대상이 될 수 있다.

7장

공정한 나라를 위함

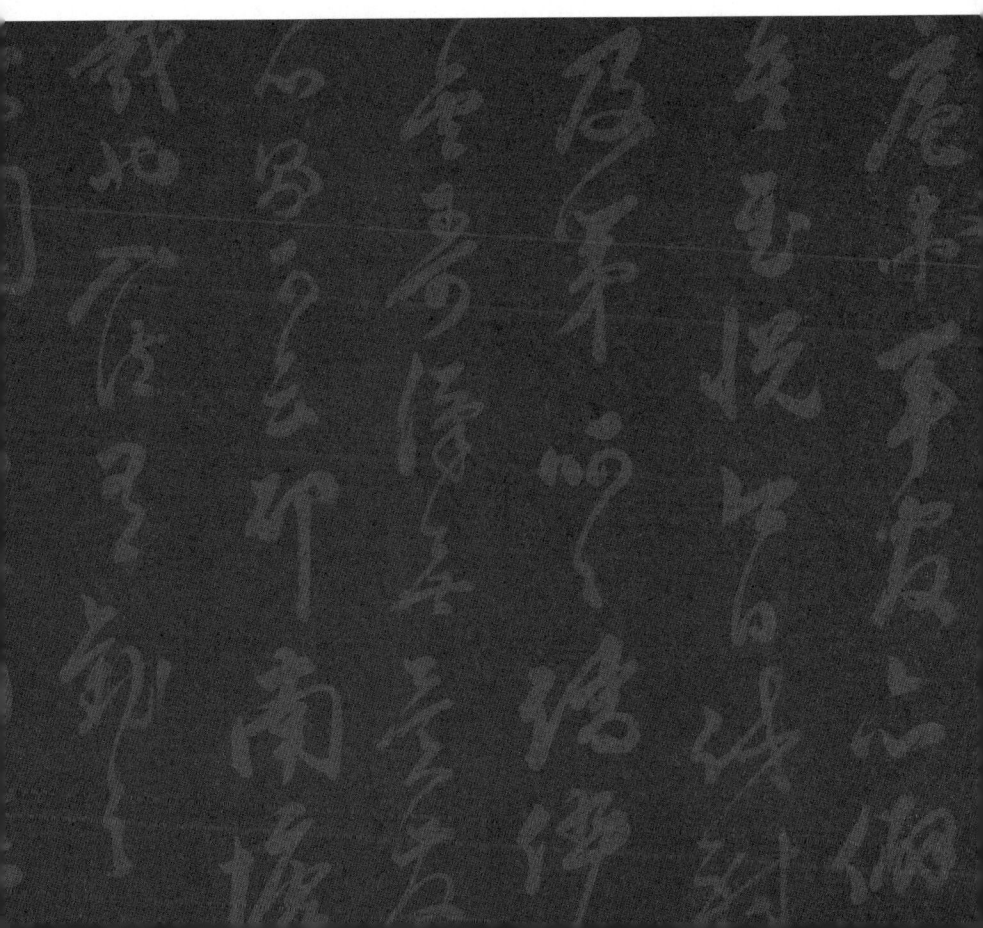

공정한 사회

　대신은 마땅히 그릇[器]과 도량[量]을 앞세워야 한다. 그릇이 크
면 식견을 갖게 되고 식견이 향상되면 도량도 향상된다. 나는 이
렇게 들었다. 주자朱子는 "자기가 중앙에 있어야 위쪽으로 많은
공간을 차지하고 아래쪽으로 많은 공간을 차지한다. 그래서 왼쪽
도 바르고 오른쪽도 바르고 앞쪽도 바르고 뒤쪽도 바르게 된다"
고 말했다. 참으로 뜻이 깊은 말로 곧 '공정함[公]'을 말한 것이다.
내가 경을 대우하고, 경이 나를 보좌하는 것은 이 한 글자를 벗어
나지 않는다. 공정함은 어짊[仁]에 가까워서 두려움[畏]이 공경함[敬]
에 가까운 것과 같다. 지위가 있는 모든 관원은 공정함이 아니면
제대로 일을 할 수 없는데 더구나 대신의 경우야 말해 무엇하랴?

너와 나의 간격도 없고 편파적이지 않아서 많은 관료를 화합하도록 만들자는 것이 그저께 비답과 유서에 담은 뜻이다. 경이 이 말을 들으면 틀림없이 명확하게 알아차리고 생각을 바꿀 것이다.

大臣當先器量, 有器則有識, 識進量亦進. 予聞之, 朱子曰 "自家在中央, 上面也占許多地步, 下面也占許多地步. 左也方, 右也方, 前也方, 後也方." 羨哉斯言, 言其公也. 予所以待卿, 卿所以佐予, 不外這一字. 公之近乎仁, 猶畏之近乎敬. 凡百有位, 非公不做, 況於大官乎? 無物我不偏陂, 使羣工偕和, 卽日昨批諭之餘意也. 卿之聞此, 必有以犁然而飜然.

—『정조실록』 정조 23년(1799) 4월 12일자 기사

17 99년 4월 12일 새로 우의정에 임명한 이시수李時秀에게 내린 유시이다. 우의정은 처음 정승의 지위에 오르는 것이기에 정조는 특별히 그 인사를 중요시했다. 임명된 자는 능력이 안 된다고 거듭 사직 상소를 올렸다. 보통 세 번의 상소에 세 번의 권유가 있었는데 요식행위로 보이지만 실은 그렇지 않다. 그 과정을 통해 정승이 해야 할 임무를 새롭게 상기시키는 긍정적인 의의가 있다. 정조는 가장 중요한 자세로 '공公' 한 글자를 대서특필했다. '공'은 아주 폭넓은 개념이지만 공정함이라는 말로 표현할 수 있다. 정조는 자신도 정승을 공정함으로 대할 테니 정승도 나를 공정함으로 대하라고 했고, 마찬가지로 모든 관원을 공정함으로 대하라고 요구했다. 모든 관료는 공정함이 아니면 어떤 일도 하지 못한다고 하여 공정함을 관료생활의 척도로 내세웠다.

공정한 자세는 관료사회를 냉정하고 각박하게 만들까. 정조는 오히려 관계를 따뜻하게 만들어 화합시킬 것이라고 했다. 혜안이 돋보인다. 오늘날, 대통령이 제기한 공정한 사회가 화두로 떠올랐다. 정조의 요구와 많이 닮았다.

형벌이란 정치의 보조 수단

형벌이란 정치의 보조 수단이다. 백성들이 죄를 짓지 않도록 만드는 것도 형벌이 있어서고, 백성들을 착한 쪽으로 이끄는 것도 형벌이 있어서다. 처음부터 백성들이 형벌에 저촉되지 않기를 바랄 뿐이지만 만약 죄를 범했다면 그때는 또 가볍고 무거운 죄상에 알맞도록 철저하게 신중을 기해 처리해야 한다. 형벌을 가할지 말지, 용서를 할지 말지 판단하여 오로지 조심스럽게 돌봐서 이 땅에 형벌이 사라지도록 목표를 세운다면 어찌 상서로운 일이 아니겠는가?

내가 이를 위해 형벌을 밝히되 안으로는 중앙관부로부터 밖으로는 지방 고을에 이르기까지 직책의 높낮이에 따라 차등을 두어 적용하고, 죄의 크기에 따라 법률을 공평하게 적용하였다. 들쭉날쭉한 것을 가지런히 하고 질서와 요령을 갖추도록 하였다. 그 내용을 모아 법전을 편찬하고 다시 그림과 척도尺度까지 보태어 누구든지 책을 펴면 일목요연하게 알 수 있도록 하였다.

蓋刑者, 輔治之具也. 使民而遠罪, 以有是也, 使民而遷善, 亦以有是也. 欲其不干于是也, 如其干也, 而又底愼於適輕適重之分. 惟辟匪辟, 惟宥匪宥, 欽哉恤哉, 期于無刑, 豈非祥歟? 予爲是明于刑之中, 內而官府, 外而州縣, 職之高下, 用有其等, 罪之小大, 律獲其平. 惟齊匪齊, 有倫有要, 肆洒彙成典, 則復爲圖爲尺度, 可開卷瞭如也.

— 『홍재전서』 권8, 「흠휼전칙서欽恤典則序」

정조가 형벌제도를 규정한 법전을 편찬하고 직접 서문을 써서 형벌을 엄격하게 적용하되 공평하고 관대한 처리를 지시했다. 즉위한 첫해 6월에 『흠휼전칙』을 편찬하라고 지시하여 8개월에 걸쳐 완성시켰다. 그 뒤로 형벌 문제를 자주 언급하며 이 법전을 기준으로 전국 어디서나 공평하게 법을 적용하라고 지시했다. 그 이유는, 첫 대목에서 말한 것처럼, 그가 바라는 정치를 완성하는 데 형벌이 중요한 보조수단이라고 보았기 때문이다. 그의 최종 목표는 이 땅에 형벌 자체가 사라지는 것이었다. 너무나 원대한, 그러나 실제로는 불가능한 목표라고 할지 모른다. 그러나 정조는 형벌이 사라진 나라를 자주 꿈꿨다. 그렇다고 정조가 죄를 저지른 사람을 너그럽게 용서만 했을까? 아니 그 반대다. 이 책을 반포하며 "아! 형벌을 가해야 하는데도 벌을 가하지 않거나, 죽여야 하는데도 앞질러 놓아주는 것은 단지 요행을 바라는 길을 열어놓아 범죄를 증가시키기나 할 뿐 형벌이 사라지게 한다는 목표에 도달하는 길은 아니다"라고 지적했다.

현재 사형제 폐지와 성범죄자 처벌 강화를 놓고 논란이 계속되고 있다. 형벌을 두고 정조가 고민한 내용이 우리들에게도 반성거리를 던진다. 그의 말대로 형벌을 제대로 시행하는 것은 나라에 상서로운 일이 될 것이다.

나라가 병들어 그대를 부른다

아! 오늘날 나랏일은 머리털까지 다 병들었다. 큰 것만 든다면
온갖 법도가 해이해졌는데도 개선될 가망이 없고, 각 지방이 흉
년인데도 구제할 방책이 없다. 조정의 기강은 확 풀려 있고 민생
은 곤경에 지쳐 있다. 원기가 점차 손상되어 하루가 다르게 고질
병이 되어가므로 용한 의사가 보고서 달려와야 할 때이다. 내 비
록 부덕하지만 제대로 한번 다스려볼 의욕이 왜 없겠는가? 다만
함께 다스릴 사람이 없어서 일이 뜻대로 되지 않는다. 배를 대고
자 해도 정박할 항구가 보이지 않는 상황이라 다급하게 필요한
것은 오로지 부관과 뱃사공이다. 이제 불러들일 인재의 명단에
있던 자들은 모두 영락해버렸고, 재야에서 덕망을 갖춘 자는 오

로지 그대뿐이다. 기풍을 세우고 세상에 기운을 불어넣어 기우는 나라를 붙잡고 위기를 헤쳐 나갈 책임을 누구에게 맡기겠는가?

게다가 이제 원자元子의 호칭을 결정했으니 양육을 서둘러야 하는데 교육하는 길은 오로지 유현(儒賢, 유학에 정통하고 언행이 바른 사람)이 조정에 나오는 것에 달려 있다. 그대가 생각이 여기에 미친다면 내 말이 다 끝나기를 기다릴 것도 없이 벌떡 일어나 먹은 마음을 바꾸어야 하리라. 다시는 사직하려 하지 말고 빨리 올라와 나의 목마른 소망을 채우도록 하라.

嗚呼! 今日國事, 可謂毛髮皆病, 而只擧大者言之, 百度委靡, 而淬勵無望, 諸路歉荒, 而接濟沒策. 朝象則泮渙, 民生則困悴, 譬如元氣漸削, 日就膏肓, 宜乎良醫之望而走也. 然而予雖否德, 豈無一治之意哉? 秖緣共理無人, 事不如志, 遂至於茫無津涯, 靡所止泊, 則所急者惟副手梢工耳. 見今旌招之列, 皆已零落, 林下宿德, 惟爾在耳. 敦風勵世, 扶傾持危之責, 將誰歸哉? 況今元子定號, 蒙養宜早, 輔導之方, 亶係儒賢之造朝. 爾若念及於斯, 則當不待予言之畢, 而幡然改圖也. 勿復控辭, 從近上來, 以副予如渴之望.

―『정조실록』, 정조 7년(1783) 8월 2일자 기사

정조 7년(1783년) 8월 2일 유언집에게 내린 유시다. 왕자를 가르치라고 지시했음에도 그가 여러 번 사양하고 나오지 않자 이런 이유를 대고 나오라고 했다. 그는 좌의정을 지낸 유언호의 큰형으로 학덕이 높다고 알려졌으나 혼탁한 조정에 발을 들여놓으려 하지 않았다. 왕자를 가르치는 직책은 그렇게 큰 자리도 아닌데, 왜 정조는 이렇게까지 심각한 위기의식을 드러냈을까? 게다가 그 시대는 누가 뭐래도 여러 면에서 가장 나은 시기가 아니었던가? 하지만 그는 늘 이런 위기감을 표명했다. 조선이란 나라의 법과 기강, 민생과 경제가 병들지 않은 데가 없는 지경에다 치유할 가망조차 보이지 않는다고 판단했다. 이런 나라를 어떻게든 개혁해보려고 노력하지만 함께할 사람이 없다고 늘 염려했다. 정조의 진단을 보다 보면, 오늘날 한국의 정치의 현황을 진단하는 느낌이다. 머리털까지 병든 것을 누구에게 책임을 맡겨 치유할지 걱정이다.

사형수 신여척을 방면하라

장흥 사람 신여척申汝倜이 이웃집 형제가 싸우는 것을 보고 참다 못해 발로 차서 죽게 만들었다. 형조가 심문하여 법을 적용할 것을 청했다. 국왕께서 이렇게 판결하셨다.

"세상에 떠도는 말에 이런 사연이 있다. 종로의 담배가게에서 소사小史의 패설 읽는 것을 듣다가 영웅이 크게 실의失意한 대목에 이르렀다. 눈꼬리를 찢고 입에 거품을 물더니 담배 써는 칼을 잡아 곧장 앞으로 나가 소설책 읽는 사람을 쳐서 그 자리에서 죽였다. 왕왕 맹랑하게 죽는 일과 우스꽝스럽게 죽는 사건이 발생한다. 주도퇴朱桃椎와 양각애羊角哀 같은 도적놈들이 고금에 몇이나 되겠는가? 신여척은 주도퇴와 양각애 같은 무리이다. 형제끼리

싸우는 것을 보고 청년이 불덩이 같이 분통이 치밀어 올랐다. 지난날 은혜를 입은 일도 없고 오늘날 원한이 있는 것도 아니나 별안간 벌컥 화가 나서 싸움판에 뛰어들어 상투꼭지를 거머쥐고 발로 차고서 '동기간에 싸우는 것은 윤리의 변괴이다. 네 집을 헐고 우리 마을에서 쫓아내겠다'고 말했다. 곁에서 구경하던 자가 '네가 무슨 상관이냐'고 꾸짖자 '내가 옳은데도 그 자가 거꾸로 성냈고, 그가 발로 차기에 나도 발로 찼다'고 말했다. 아! 신여척은 죽음도 두려워하지 않았다. 법을 맡은 관리가 아니지만 우애 없는 자의 죄를 다스렸다는 인물이 신여척을 두고 한 말이 아니겠는가? 천 수백 명의 사형수를 처리했으나 그중 기개 있고 녹록하지 않은 자가 신여척이니 다 까닭이 있다. 신여척이란 이름은 헛되이 얻어지지 않았다. 신여척을 방면하라!"

長興人申汝倜, 見隣人兄弟相鬪, 奮身踢之, 至死. 刑曹請訊推置法. 判曰 "諺有之, 鍾街烟肆, 聽小史稗說, 至英雄失意處, 裂眦噴沫, 提折草劍直前, 擊讀的人, 立斃之. 大抵往往有麥浪死, 可笑殺, 朱桃椎·羊角哀者流, 古今幾輩? 汝倜者, 朱羊之徒也. 目攝閱墻潑漢, 斗湧百丈業火. 往日無恩, 今日無怨, 瞥然艴然之間, 趣入滾鬪場中, 捉髻而踢曰 '同氣之鬪, 倫常之變, 毀爾廬, 逬吾里.' 傍之觀, 責 '汝何干?' 則曰 '吾義彼反怒, 彼踢吾亦踢!' 噫! 汝倜死也休怕, 非士師而治不悌之罪者, 非汝倜之謂哉? 錄死囚凡千數百, 其倜儻不碌碌, 於汝倜見之, 有以哉! 汝倜之名, 不虛得也. 汝倜放!"

—『정조실록』, 정조 14년(1790) 8월 10일자 기사

17 90년 8월 10일 실록에 실린 기사이다. 전라도 장흥 사람 신여척이 이웃집 김순창 형제의 싸움을 보고 의분을 참지 못하고 발로 차 살인한 사건에 대한 판결이다. 형조에서는 고의성이 있는 살인은 아니나 법에 따라 사형을 면할 수 없다고 판결했다. 마지막 국왕의 판단만 남았다. 그때 정조는 과감하게 방면하라는 명을 내렸다. 그 이유를 밝힌 것이 바로 앞의 글이다.

정조는 살인이 명백하지만 재물 때문에 병든 아우를 구타한 모진 형을 보고 의로운 마음에서 일어난 비고의적 살인이라는 점을 주목했다. 살인의 동기를 평가하여 방면하라고 명했다. 그의 판결은 관점에 따라 의견이 분분할 것이다. 다산 정약용은 『흠흠신서』에서 이 사건을 '사람을 죽였으나 의롭다'는 판례로 분석하고 정조의 처분에 적극 찬동했다. 현대의 법기준으로는 정조의 판결을 어떻게 이해해야 할지 궁금하다.

05

正
祖

언론의 생리

옛 사람은 한편으로는 준엄하게 남의 죄를 물으면서도 다른 한 편으로는 이론을 제기하는 태도를 보였는데 지금 사람들은 그런 이론을 조금이라도 제기하면 당장 그를 악인의 당이자 역적의 무리로 몰아붙인다. 그들이 이른바 죄를 묻는다는 것은 으레 그런 투이다. 옛 사람이 언로言路를 연다고 말한 것이 어디 이따위 언로를 가리켜 말한 것이랴! 비록 한 마디 말이라도 당장에 두려움을 느낄 만한 말을 해야 비로소 용기 있는 말이라고 할 수 있다. 현재 당장의 급선무는 그 같은 폐습을 조금씩 고치는 것인데 요즘 들어서는 금령이 약간 자리잡아가고 있는 듯하다. 그 폐습이 크게 바뀔 때까지는 그대로 두었다가 금령을 없애고 용기 있게 말하는 풍토를 크게 조성하여 우리 다함께 억만년의 태평성대를 누린다면 얼마나 아름답겠는가!

一邊嚴討, 一邊立異, 古人則例多如此, 而今也則少有似此之論, 便歸於黨惡護逆之科. 其所謂懲討者, 便成例套矣. 古人所謂開言路者, 亦豈指此等言路而言乎? 雖一句語, 能爲其時可畏之言, 然後方可謂之敢言矣. 顧今目下急務, 莫若此習之少加矯革, 而近來則禁令亦似稍立. 姑待此習之丕變, 然後除去禁令, 恢張敢言之風, 共享億萬年太平之福, 豈不美哉?

—『정조실록』, 24년(1800) 3월 5일자 기사

1800년 3월 5일 정조는 조정 대신들을 앞에 두고 벼슬아치들의 행태를 일갈하였다. 이보다 앞서 2월 6일, 자신이 내린 조치를 반대하여 조정 신하들이 연달아 반대 상소를 올리자 상소하지 말라는 금령을 내리고 자신이 언론에 대해 어떻게 보고 있는지를 밝혔다. 발언의 핵심은 언로를 개방하고 싶지만 현재 벼슬아치에게는 그러고 싶지 않다는 것이었다. 언로가 긍정적 역할을 하기는커녕 정적을 해치는 도구로 악용된다는 이유 때문이었다.

정조는 잘못된 언론의 생리를 예리하게 파헤치고 있다. 누군가 잘못이 있다고 한 번 지목되면 모두 대세를 따라 그를 공격하는 대열에서 벗어나지 않는다. 아무도 다른 생각을 말하지 않는다. 말하지 않는 것이 아니라 못하는 것이리라. 만약 이론을 제기하는 사람이 나타난다면? 악인을 편드는 자나 역적을 두둔하는 자로 몰아세워 그 바닥에서 발을 붙이지 못하게 만든다. 이런 분위기가 되다 보니 누가 감히 이론을 제기하겠는가?

정조는 당시 언론의 생리를 날카롭게 지적하고, 대세와 다른 이론을 제기하는 용기 있는 사람을 기대하였다. 통치자가 두려움을 느낄 만한 용기 있는 주장, 그것은 대세와 다른 주장을 담은 생각이었다. 양심에 따라 이론을 제기하지 못하고 언론이 하나의 주장만을 생산해낼 때의 위험성을 지적한 혜안은 지금도 유효하다.

누구나 말하라

正
祖

　정말 잘 다스려진 시대에는 누구나 무슨 말이든 할 수 있었다. 그래서 『서경』에는 "좋은 말이 숨어 있지 않았다"고 썼다. 요 임금 순 임금 우 임금은 성인이었음에도 불구하고 자신을 비방하는 나무를 세워놓고서 남의 장점을 취해 선으로 나아갔고, 종과 목탁을 걸어두고 사방 선비들을 기다렸다. 그들이 다스리던 시대는 대지는 평화롭고 하늘은 조화로웠으며, 바람과 비가 때를 맞춰 불고 내렸다. 백성들은 살기가 편안했고, 사방 외국이 복종하여 찾아왔기에 굳이 누가 말하기를 기다릴 필요가 없어 보인다. 그런데도 사람들이 혹시라도 말을 안 할까 봐 염려해서 저렇게나 말을 하라고 조바심을 내며 정성껏 권유했는데 이유가 도대체 무

엇일까? 정녕코 이 세상에서 말하는 자가 없으면 나라가 제대로
되어갈 수 없기 때문이다.

　　至治之世, 人無不言也. 故書曰嘉言罔攸伏, 堯舜禹大抵聖人也. 設
誹謗之木, 取諸人以爲善, 懸鞀鐸待四方之士. 當是時, 地平天成, 風調
雨順, 百姓乂安, 四夷賓服. 宜若不待乎人之有言, 而遑遑然猶恐其不
言若是之勤者, 何也? 誠以天下無言, 則不可以爲國也.

—『홍재전서』 권9, 「장차휘편서章箚彙編序」

정조는 영조 치세 50년 동안 신하들이 국왕에게 올린 진언을 모아 『장차휘편』을 편찬하도록 지시하고 1788년 완성을 본 다음 직접 서문을 썼다. 본래는 128책이었는데 이를 60권으로 정리하여 간행했다. 옛 전적을 정리하려는 의도만으로 책을 간행한 것은 아니다. 숨은 의도는 다른 데 있었다. 나라 안 모든 사람에게 발언하라고 권유하는 계기로 삼았다. 정조는 역사상 지치至治의 시대에는 누구나 정치에 대해 말할 수 있었다고 보았다. 상식적으로는, 잘 다스려진 시대라서 사람들은 정치에 대해 할 말이 없을 법하지만 오히려 정치와 성인을 비방하는 말은 더 많았다고 했다. 옳든 그르든 정치에 대해 마음껏 발언하도록 유도하는 것, 그것이 위대한 정치의 길이라고 생각했다.

실제 정조는 자신의 잘못을 과감하게 비판하는 신료를 처벌하려 하지 않았다. 역사에서는 폭군일수록 언론을 탄압했고, 성군일수록 언론을 열어놓았다. "말하는 자가 없으면 나라가 제대로 되어가지 못한다"는 정조의 말은 여전히 되새길 필요가 있다. 그의 말은 기업이라고 해서 예외가 아니다.

첫 조참을 받고서

종합해서 말하면, 지금 나라의 피폐함이 한두 가지가 아니다. 큰 병에 걸린 사람이 원기가 쇠약하고 혈맥이 막히고 혹이 불거진 꼴이다. 기강이 문란하여 임금이 존엄하지 못하고, 언로는 막혀 강직한 말이 나오지 않으며, 역적은 잇달아 발생하고 의리 있는 자는 갈수록 숨어든다. 위기의 증세가 심해 아침저녁을 기다릴 만큼 절박하다. 이번에 특별히 네 개의 조목을 말한 목적은 나라의 뿌리를 튼튼하게 만들자는 데 있다.

뿌리를 튼튼하게 하는 길은 백성에게 달려 있고, 백성을 배양하는 길은 먹을 것에 달려 있으며, 먹을 것이 풍족해야 교육이 가능하다. 교육하고 난 다음에도 반드시 조심스럽게 지켜주고 도와주어 이익을 베풀어야 한다. 이것이 나라를 보존하는 큰 근본이다.

아! 오늘날 나라의 형편을 한번 살펴보라! 개혁하는 것이 옳겠는가? 아니면 답습하는 것이 옳겠는가? 큰 저택이 기울면 기둥 하나로 막기 어렵고, 온갖 냇물이 한꺼번에 터지면 조각배로는 건너기 어렵다.

삼대三代의 태평성대를 갑자기 회복할 수야 없지마는 소강小康의 정치마저 기약할 길이 없다. 증상을 치료할 좋은 약제를 모르겠고 손을 쓸 방법을 알기가 정말 어렵다. 이를 두고 하려는 뜻이 있으나 하지 못한다고 말하겠는가? 아니면 하지 않는 것일 뿐 하지 못하는 것은 아니라고 핑계를 대겠는가? 생각이 여기에 미치면 과인의 마음은 정말 슬프다. 그러나 이것은 과인의 의지가 확립되지 않고 과인의 학문이 성취되지 않아서다. 구태여 잘못을 들자면 오로지 나 한 사람에게 있다.

아! 국왕의 말은 짧아야 함에도 이렇게 주절주절 그칠 줄 모르는 것은, 상세하게 말하려는 욕심에 부득불 말이 많아진 때문이다. 선왕先王의 큰 도를 강구하고 선왕의 옛 법을 회복하여 우리 선왕께서 과인에게 맡긴 책임을 저버리지 않도록 함께 나라를 다스리는 신하들에게 간절히 바란다. 아! 그대들 조정의 많은 신하들은 과인의 하교가 빈말로 나라를 걱정한다고 보지 말고, 아까 말한 실질적인 방안으로 과인을 인도하도록 하라!

大抵總而言之, 目今之弊, 不一而足. 譬如大病之人, 眞元虛矣, 血脈闕矣, 癭瘤出矣. 紀綱紊亂, 堂陛不尊也, 言路杜塞, 鯁直無聞也, 亂逆層生, 義理益晦也. 何莫非危屬之證, 迫在朝夕. 而今之所以特擧四目者, 誠以邦本不可不固也. 固本在民, 養民在食, 食足則可敎, 旣敎矣, 又必警衛而助益, 此保邦之大本也. 於戲! 試看今日之國事, 以爲更張可乎, 以爲因循可乎? 大廈之傾, 一木難支, 百川之決, 片葦難杭. 三代之制, 雖難遽復, 小康之治, 亦無其期. 未諳對證之劑, 實昧下手之方, 豈謂之以有意而莫逯也, 亦豈諉之以不爲而非不能也? 言念到此, 寡人之心, 良云慨矣. 然玆皆寡人之志未立, 寡人之學未就, 苟執其咎, 寔在一人. 噫! 王言宜簡, 而若是諄複不知止者, 欲道其詳, 語不得不煩也. 其所以講究先王之大道, 修復先王之舊章, 毋負我先王付畀之責者, 深有望於共理庶明之人. 咨爾在廷羣僚, 儻不以寡人之教, 視爲空言憂國, 以向所稱懋實之方, 啓迪予寡人也歟!

—『홍재전서』권26 , 「초하루 조참 때에 반포한 윤음初元朝參日綸音」

우리가 성군으로 치켜세우는 정조는 조선을 어떠한 나라라고 보았을까? 정조는 늘 자신의 나라를 위기에 처한 나라라고 보았다. 개혁하지 않으면 위기에 봉착할 나라라고 분석하여 위기를 극복할 대책을 내어놓으라고 늘 신하를 채근했다. 1778년 즉위한 지 3년이 되는 해 음력 6월 4일에 반포한 중대한 선언에도 그 의지가 담겨 있다.

이날 정조는 조정의 신하들로부터 조참朝參을 받았을 때 정책을 펼치는 큰 원칙을 반포했다. 조참이란 문무백관이 한 달에 네 번, 대궐의 인정전에 모여 국왕에게 문안을 드리는 엄숙한 의식이다. 이날의 조참은 정조가 임금이 된 이후 처음으로 조회를 받는 매우 뜻깊은 자리였다. 정조는 이 자리를 자신의 정치철학을 신하들에게 각인시키는 자리로 만들 생각이었다. 그래서 그 자리에서 반포할 포고문 곧 윤음綸音을 미리부터 준비했고, 인정전에 나가기 전에는 승지 홍국영에게 마지막 검토까지 지시했다. 이날 정조가 곤룡포를 입고 만조백관이 도열한 인정전으로 천천히 나가자 승지가 큰소리로 이 글을 대독하였다. 모든 잘못의 근원을 국왕 자신에게 돌리는 끝대목이 인상적이다.

이 포고문에서 정조는 네 가지 조목을 정치의 큰 틀로 제시했다. 바로 백성의 경제를 활성화시키겠다는 민산民産과 인재를 배양하겠다는 인재人材, 국방을 튼튼히 다지겠다는 군정軍政, 그리고 국가의 재정을 확충하겠다는 재용財用, 이렇게 네 조목이었다. 정조는 나라를 튼튼하게 만드는 바탕에 민생을 두었고, 민생이 안정된 다음에는 교육을 통해 인재를 양성하자고 했다. 그가 말한 네 가지 큰 정책은 서로 연결되어 있다.

정조의 글을 보면, 마치 현재의 위기상황에 대한 반성과 대처를 보는 착각에 빠질 만큼 우리의 현실과 문제의식이 비슷하다. 정조가 천명한 원칙은 지금도 정치의 대원칙으로서 의의를 잃지 않는다.

8장

인간 정조를 엿보다

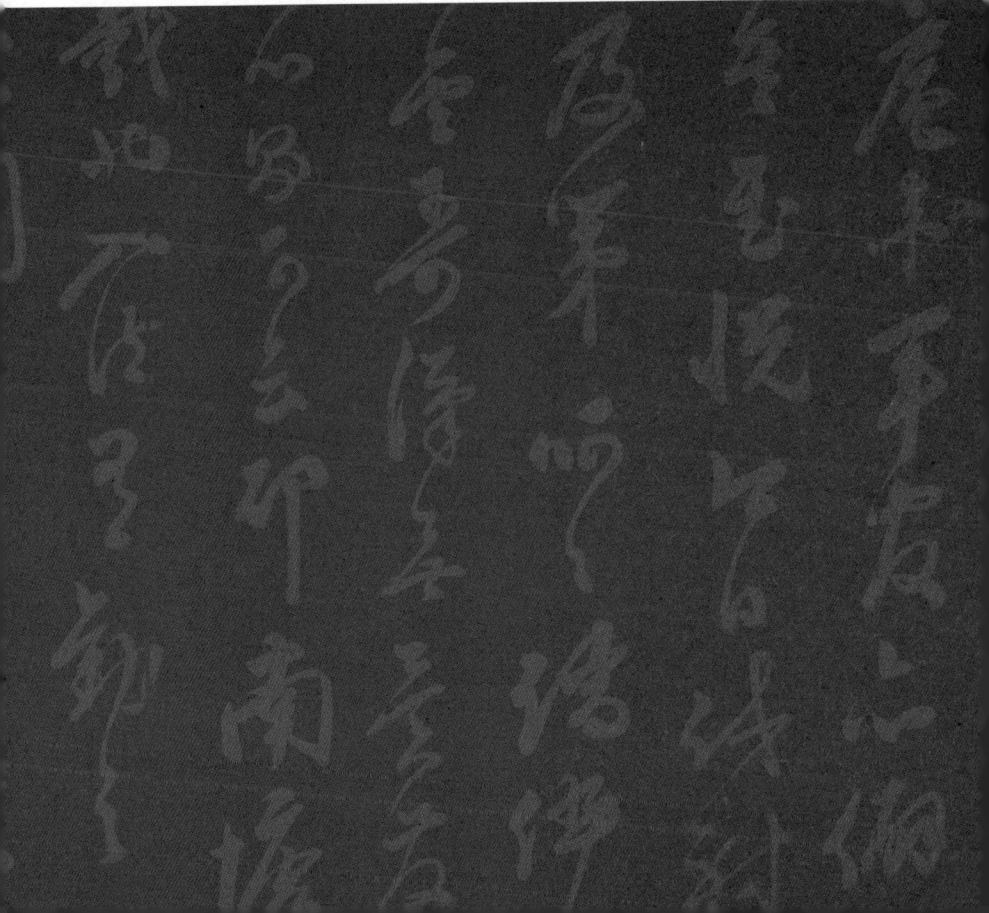

대궐을 벗어나고 싶다

도봉산의 빼어난 산수는 경기 일원에서 으뜸입니다. 내가 세손으로 있을 때 때때로 몰래 대궐을 빠져나와 유람할 때면 늘 외삼촌과 함께 다니곤 했지요. 이제 와 돌이켜보면 전생의 일처럼 까마득할 뿐, 그런 놀이를 다시는 하지 못합니다. 가을날 문득 대궐 안에 오똑하게 앉아 있자니 사방 산에는 단풍과 국화가 한창이라 도봉산에 노닐던 지난날과 다름이 없습니다. 옛 일이 떠올라 감회를 주체하지 못하고 몇 줄 써서 외삼촌께 받들어 올립니다. 딴은 예전에 있었던 일을 추억하는 것이지만, 이제 다시 예전처럼 노닌다 한들 그 옛날과 같은 기분이 날까요? 그저 한없이 부러워만 할 뿐입니다. 을묘년 국화 핀 가을날 국사에 바쁜 여가에 씁니다.

道峰山水之勝, 冠於畿甸. 余在潛邸時, 或以潛行遊覽, 而每與舅氏偕行矣. 到今回思, 則漠如先天, 而此等之遊, 不可復作矣. 秋日適端坐花裡, 而四山楓菊闌珊, 與囊道峰之時無異, 不勝感舊之懷. 遂書數行, 奉呈于舅氏. 以記前日之事, 而今此更續云, 果與昔時能無差減耶? 只自健羨焉. 乙卯菊秋, 萬機餘暇.

—「정조어찰正祖御札」, 고려대박물관 소장

한창 난만한 봄 풍경을 보노라니 1795년 가을 정조가 외삼촌에게 보낸 편지가 떠오른다. 고려대 박물관에 소장되어 있는 이 편지는 정조가 아홉 살 위인 홍낙임에게 보낸 것으로 보인다. 대궐 안에도 가을이 찾아와 온통 단풍이 들고 국화꽃이 피자 대궐 밖의 가을 풍경과 정취를 즐기고 싶어졌다. 국왕이 산수 구경한다고 홀가분하게 대궐 밖을 나설 수는 없는 일. 불현듯 그나마 상대적으로 자유로워 남몰래 대궐을 빠져나와 도봉산에 놀러 갔던 세손 시절이 떠올랐다. 그 일이 마치 전생의 일처럼 까마득하다고 했다.

늘 산적한 일에 시달리던 정조에게 한가롭게 계절의 정취를 즐기는 것은 사치였다. 풍경이 아름다운 날 대궐 안에 갇혀 지내는 국왕이 젊은 날의 일탈을 한없이 부러워하는 것을 보면 자유로운 몸이 얼마나 좋은지를 느낀다. 정조는 감성이 풍부했다. 이 편지는 왕이 썼다고 믿어지지 않을 만큼 서정적이다. 아름다운 풍경이 앞에 있다고 해서 누구나 마음이 움직이는 것은 아니다. 감성이 메마른 채 정치적 수완만 발달한 이들은 정조라 해도 어떻게 해볼 도리가 없을 것이다.

음악이 갈수록 빨라진다

임금께서 이렇게 말씀하셨다. "근래 장악원掌樂院에서 연주하는 음악이 갈수록 번잡하고 빨라져서 평화로운 절주節奏를 잃은 경우가 많다. 일찍이 들은 바로는 음악을 제정할 당시인 세종조에는 거둥舉動할 때마다 전부前部와 후부後部의 고취鼓吹가 숭례문에서 시작하여 운종가에 이르러야 1장을 끝냈고, 운종가에서 시작하여 혜정교惠政橋에 이르러 2장을 끝냈으며, 혜정교에서 시작하여 광화문에 이르러야 3장을 끝냈다고 한다. 이를 통해 볼 때 한 사람이 부르면 세 사람이 서로 화답하여 넉넉하게 여유로운 소리를 내는 음악이라야 잘 다스려진 세상의 모습이다. 줄을 번잡하게 튕기고 곡조를 빠르게 하는 것은 아무래도 외떨어진 작은 나라의 소리이다." 이어서 장악원을 통솔하는 신하들에게 악공과 악사들을 연습시켜 고아한 음악을 회복하도록 명하셨다.

近來樂院法樂, 漸就繁促, 多失和平之節奏. 曾聞世宗朝制作之初, 每動駕時, 前後部鼓吹, 始於崇禮門, 至雲從街終一章, 始於雲從街, 至惠政橋終二章, 始於惠政橋, 至光化門終三章. 由此觀之, 樂以壹倡三歎而有餘音, 爲治世之象, 而繁弦促調, 終是偏邦之聲也. 仍飭提擧樂院之臣, 肄習工師, 俾復古雅之音.

— 『홍재전서』 권166, 『일득록』 6, 「정사」

17

83년에 정조가 한 말로, 서호수가 기록한 『일득록』에 실려 있다. 국왕이 행차할 때에는 장악원 소속 악사들이 정해진 음악을 연주하여 장엄한 국왕의 의식을 빛냈다. 온갖 예술에 관심이 많았던 정조는 음악에도 상당한 조예가 있었다. 행사에서 연주되는 음악을 그냥 지나치지 않고 연주의 속도를 문제삼았다. 세종조에 비해 음악이 너무 빨리 연주된다고 지적했다. 관료들은 음악을 잘 몰라 중간을 일부러 빼놓고 연주해도 알아차리지 못하는 경우가 적지 않았으나 정조는 그렇지 않았다.

정조가 지적한 대로 당시에는 궁중음악과 속악을 가리지 않고 음악이 빨라져 궁중음악에 요구되는 장중함과 느림의 미학을 손상시켰다. 음악은 세상의 변화와 밀접한 관련을 맺는다는 것이 전통시대의 사유였고, 갈수록 빨라지는 음악은 난세의 징조였다. 그러니 정조로서는 궁중음악의 장중하고 느린 속도를 유지함으로써 빨라지는 음악의 소리를 늦추고자 애쓰지 않을 수 없었다. 세대가 진행될수록 음악이 빨라지는 것은 보편적인 현상이고, 구세대는 그 속도를 따라잡기가 힘들다. 음악에서 정조는 구세대의 논리를 갖고 있었다.

아버지의 묘소

너무도 슬프면 말이 길지 않고, 지나치게 애절하면 감정이 오히려 무뎌집니다. 소자小子가 지금까지 15년 동안 죽지 않고 살아 있는 것은 죽을 줄 몰라서가 아니라 선왕의 은혜를 입어 왕위를 이어받기 위해섭니다. 선친께 장헌莊獻이란 시호를 올리고, 경모궁景慕宮과 영우원永祐園이란 이름을 지었습니다. 예조판서에게 이와 같이 모든 의식을 정하도록 시키고, 의식에 쓸 제기와 악기 따위는 종묘에 비해 한 단계 낮게 정하였습니다. 저 세상에 계신 영령께서 이 소자의 마음을 알고 계실는지요. 숭정崇禎 이후 세 번째 병신년에 피눈물로 삼가 서문을 씁니다.

夫其言絶悲者不長, 其情至痛者如無. 小子今十五年不死, 非不知死
也. 荷先王恩承大基, 上先親謚莊獻, 宮曰景慕, 園曰永祐, 畀宗伯臣撰
儀如斯. 若尊疊之品, 磬筵之列, 下宗廟一等, 尙知小子之心於冥冥中
云爾. 崇禎三丙申, 泣血謹引.

—『홍재전서』 권8, 「궁원의인宮園儀引」

17 76년 『궁원의』란 책에 붙인 서문이다. 왕위에 오른 정조는 그 해 아버지 사도세자를 추모하는 사업을 벌였다. 사도세자의 사당은 1764년 봄 북부 순화방에 세워졌다가 여름에 동부 숭교방으로 옮겨 수은묘垂恩廟라고 했다. 정조는 비명에 간 아버지에게 장헌이란 시호를 올리고 사당도 다시 지어 경모궁, 묘소를 영우원이라 이름지어 격을 높여주었다. 그 위치는 현재의 서울대 의대 내에 있었으나, 1839년 소실되었다. 국왕의 거처에 가까워 정조는 정기적으로 경모궁에 가서 참배하곤 했다. 막 임금이 되어 아버지의 묘소와 사당을 정비하며 감회를 이렇게 표현하였다. 누구라도 짐작할 수 있듯 아버지에 대한 정조의 감회는 착잡할 수밖에 없었고, 만감이 교차하는 것이었다.

다혈질에 다변이던 정조는 대체로 장황한 말과 글을 구사하는 편이었다. 그런 그가 아버지의 묘소와 사당을 정리하며 쓴 글은, 구구절절 끝없는 한을 쏟아낼 법한데도 거꾸로 지나칠 만큼 짧고 무미건조하다. 정조가 쓴 수많은 글 가운데 가장 짧은 편이다. 글을 시작하자마자 너무 슬프면 말이 길지 않고 지나치게 애절하면 감정이 오히려 무뎌진다고 한 토로에서, 겉으로 드러내지 않은, 하고많은 사연을 짐작케 한다. 그래서 그가 쓴 어떤 글보다도 깊은 슬픔이 배어난다.

04

백성들 모두 담배를 피워라

천지의 마음은 지극히 인자하고, 만물의 영장은 사람이다. 따라서 천지는 사람에게 이익을 가져다주고 해로움을 제거하고자 안달이 날 지경이다. 담배가 이 시대에 출현한 것을 보면 천지의 마음을 엿보기에 충분하지 않은가? 임금은 하늘을 도와서 정치를 완성하는 자이다. 어찌 몸소 솔선하여 가깝고 먼 곳까지 교화하여 천박하고 고루한 속된 생각을 바꾸려는 노력을 그만두겠는가? 따라서 남초(南草, 남령초)를 역서에 싣고 의서에 기록하도록 명한다. 우리 강토의 백성들에게 베풀어주어 그 혜택을 나누어 갖고 그 효과를 확산시켜, 천지가 사람을 사랑하는 마음에 조금이나마 보답하고자 한다.

夫天地之心至仁, 萬物之靈爲人. 故天地之於人, 規利除害, 如將不及. 是草之出於是時, 抑足以見天地之心歟! 在人君財成輔相之政, 又豈已於躬先率之, 推及遠邇, 於變其俚淺膠固之俗見也. 爰命載之月令, 書之醫方, 嘉與我域中之人, 共其惠, 廣其效, 以少答天地愛人之心.

—『홍재전서』 권52, 『책문』, 「남령초南靈草」

17 96년 11월 18일 정조가 신하들에게 내린 책문의 일부이다. 오래 피워본 결과 의학적 효능도 뛰어나고 심리적 안정도 가져오는 이 좋은 담배를 백해무익하다고 싫어하는 의견이 많은데, 그렇다면 담배에 대한 각자의 의견을 조리 있게 설명하라고 책문을 내렸다. 책문은 국정 주요 현안에 대해 신료에게 자문을 구하는 제도였다. 모든 백성에게 담배를 피우도록 권장하고 싶다는 정조의 소망을 숨김없이 드러냈다. 흡연이 갈수록 설 자리를 잃어가는 지금 상황에 비추어보면, 이처럼 말한 것은 궤변처럼 보이고 더욱이 책문의 주제로까지 자문을 구한 것은 어이가 없을 만큼 황당하다.

당시에는 남녀노소를 가리지 않고 상당수의 사람이 담배를 즐길 만큼 흡연이 보편화되었다. 흡연에 관한 찬반양론도 분분했다. 정조 자신은 골초였다. 유익하고 좋은 담배를 남들이 왜 싫어하는지 그는 잘 이해하지 못했다. 물론 농토가 담배 경작지로 바뀌는 것을 염려하여 농토에 담배를 심지 못하도록 하라는 명령을 거듭 내리는 균형을 유지하기는 했다. 이 책문에 신하들이 과연 얼마나 의견을 표명했을까? 정조의 의중에 영합하여 흡연의 이로움을 장황하게 개진한 책문은 한 편 제출되었으나 흡연을 반대하는 주장은 남아 있지 않다. 정조의 이 글은 격세지감을 느끼게 한다.

새해 축하 그림을 보내며

正
祖

지난해 먼 지방으로 떠날 때는 머잖아 만날 기약이 있으리라 생각했건만 묵은해를 보내고 새해를 맞으려니 너무 오래 떨어진 느낌이 퍼뜩 들어 그리움이 솟구쳐 망연할 뿐이다. 하루하루 내내 평안한가. 세화歲畵를 보내노니 해가 가도 잊지 않는다는 마음을 담았을 뿐 초가삼간에 쓸 데가 있겠는가. 억울함은 아무리 깊어도 반드시 풀리고, 이치는 어디를 가더라도 끝내는 회복되는 법이다. 게다가 그대의 문장으로 어찌 발휘할 날이 없겠는가. 근래 오고간 글에서 은근하게 답답해하고 실망한 의중을 드러내니 국량이 그리 좁은가. 어디를 가든 제대로 하지 않음이 없도록 하라는 성인의 말씀을 더욱 생각하라. 어디에 있더라도 태연하게

지내고 중용을 버리는 소인배들의 처신을 배우지 말라. 나머지는
말하지 않는다. 새해를 맞아 복이 더욱 많아지기를 한층 바란다.

去歲關河之阻, 知有前期在邇, 而今年餞迎之際, 陡覺濶別莽蒼, 令
人翹思徒勤依依. 日來一安, 歲畫送之, 此特年年不忘之意也, 焉用於
華戶蓬窓. 然冤有屈而必伸, 理無往而不復. 況以尊文章, 豈無展驥之
日, 則近見往復, 微帶鬱悒佗傺之思者, 量何狹也? 益念無入而不自得
之聖訓, 隨處坦然, 無效小人之反中庸爲可. 餘留姑此, 更希迓新多祉.

―서형수, 『명고전집』 권10
「삼가 세화를 반사하며 보내준 어찰 뒤에 발문을 쓴다敬跋御札頒賜歲畫後」

17 92년 12월에 서형수란 신하에게 보낸 새해인사 편지다. 조선 시대 국왕은 연말에 가까운 신하들에게 새해를 축하하는 뜻으로 세화를 만들어 보냈다. 그림에는 선동仙童이 불로초를 짊어진 모습이나 호랑이 따위를 그려 장수를 축하하는 의미를 담았다. 이때 서형수는 성천부사로 재직하다 정적의 공격을 받아 파직당한 상태였다. 그에게도 정조는 세화를 보내며 위로와 격려의 어찰을 함께 보냈다. 그 편지가 다정다감하기 그지없다. 보고 싶다는 심경을 연인을 대하듯이 절절하게 담았다. 그러나 거기에 그치지 않는다. 결국 옳은 사람이 이긴다는 점을 상기시켜 기운을 북돋아 주고 경거망동하지 말라는 중후한 당부까지 했다. 서형수는 이 어찰을 받고서 백년을 사는 기나긴 한평생 동안 절대로 잊을 수 없는 것이 바로 자신을 알아준 정조의 지기知己에 대한 감동이라며 감격해했다.

정조는 관례적인 행사마저도 따뜻한 인간미를 불어넣을 줄 알았다. 마음은 없으면서 정치적 셈법에 따라 환심 사기에 분주한 속물들에 비하면 거리가 너무 멀다.

10년 만에 초상화를 그리고

　선왕 계축년(1733, 영조9)의 관례를 따라 금년에 다시 초상화 하나를 그렸으니 선조의 사업을 계승하는 일 한 가지를 한 셈이다. 그러나 10년 사이에 정치가 나날이 진보하는 효과가 있었던가? 세상의 도리가 나날이 새로워지는 아름다움이 있었던가? 시대 형편이 나날이 바로잡히는 기미가 있었던가? 백성의 생업이 나날이 안정되는 기쁨이 있었던가? 가만히 살펴보면 전과 달라진 것은 없이 다만 희끗희끗하던 머리카락만 하얗게 바뀌고 말았다. 화공畫工이 붓끝에 흰색을 섞어 쓴 것이 부끄럽기도 하고 우습기도 하다. 그렇기는 하나 작은 초상화 하나는 경모궁 망묘루望廟樓에 보관하여 아침저녁으로 문안을 드리는 예를 대신하게 하고, 바라보고 그리워하는 마음을 붙이고자 한다. 나머지 하나는 현륭원顯隆園의 재전齋殿에 가져가 보관하고자 한다. 이것이 마음에 흔쾌하게 생각하는 이유이다.

追先朝癸丑故事, 今年又圖一本. 雖或爲述先之一端, 而十年之間, 政敎有日隆之效, 世道有日新之美, 時象有日靖之幾, 民生有日康之喜歟? 夷考之則依舊, 而徒有星星者爲皓, 畫工毫端, 雜用粉彩, 可愧且可呵. 然小本一本, 藏于景慕宮之望廟樓, 以替省定之禮, 以寓瞻依之思, 而餘一本, 又將藏于顯隆園之齋殿. 此所以欣然有得者也.

—『홍재전서』 권43,
「어진御眞을 그린 뒤에 내각이 문안을 올리는 계본에 대한 비답寫眞後內閣問安啓批」

정조는 1791년 10월 7일을 전후하여 이명기와 김홍도를 시켜 초상화를 그리게 한 뒤 이렇게 하명했다. 1781년 9월 3일 김홍도를 시켜 초상화를 그린 뒤 규장각의 주합루에 봉안하게 한 지 실로 10년 만에 다시 초상화를 그렸다. 영조가 10년에 한 번씩 어진을 그린다는 하명을 내린 뒤 10년에 한 번씩 어진을 그리는 것은 왕실의 관례가 되었다.

정조도 그 관례를 따라 초상화를 그리고선 그림 자체는 논외로 하고 그 사이 이룬 일이 아무것도 없음을 반성했다. 새치가 듬성듬성 났던 머리칼만 하얗게 변한 것을 보고 이룬 것 없음을 부끄러워했다. 조선시대에 초상화를 그리는 것은 왕실뿐만 아니라 사대부에게도 인생에서 큰일이었기에 세월의 경과를 느끼는 것은 당연하다. 정조는 초상화를 두 개 그려 경모궁과 현륭원에 간직하라고 명했다. 아버지인 사도세자의 사당과 묘에 자신의 초상화를 걸어두어 자기 몸을 대신하여 아버지를 모시게 하라는 것이었다. 초상화를 앞에 두고 죽은 아버지를 애모하는 정조의 애틋한 마음이 사뭇 애처롭다.

정조어필, 추풍명안도

정조치세어록

1판 1쇄 발행 2011년 11월 25일
1판 2쇄 발행 2012년 11월 12일

지은이 | 안대회
펴낸이 | 김이금
펴낸곳 | 도서출판 푸르메
등록 | 2006년 3월 22일(제318-2006-33호)
주소 | 121-869 서울시 마포구 연남동 568-39 컬러빌딩 301호
전화 | 02-334-4285~6
팩스 | 02-334-4284
E-mail | prume88@hanmail.net
인쇄 · 제본 | 한영문화사

ⓒ 안대회, 2011

ISBN 978-89-92650-45-8 03810